Susan Abyss

DAS GEHEIMNIS DER NAUTILUS NOIR

Mystery

Verlag:
Susanne Schütz
Immermannstraße 29
44147 Dortmund
info@susanneschuetz.com

Herstellung: epubli – ein Service der neopubli GmbH, Köpenicker Straße 154a, 10997 Berlin

Kontaktadresse nach EU-Produktsicherheitsverordnung: produktsicherheit@epubli.com

1. Kapitel

„Mr Blackwell, ein Telegramm für Sie!“ Die Stimme seiner Vermieterin drang gedämpft durch die massive Eisentür. Victor Blackwell lag auf seiner Couch, den Kopf unter einem Kissen vergraben. Noch im abgewetzten Ledermantel und seinen Stiefeln der letzten Nacht. Er spürte den Bourbon noch in seinen räudigen Knochen. Und bestimmt würde er keinen Muskel bewegen, nicht mal, wenn es brannte.

„Mr Blackwell!“, empörte sich Mrs Sanders, gefolgt von einem energischen Klopfen, das den Deckenstuck zum Beben brachte. Wenn er keinen Mucks von sich gab, würde die alte Schachtel hoffentlich wieder verschwinden.

„Ich weiß, dass Sie da sind! Der Schlüssel steckt von außen. Wenn Sie nicht augenblicklich öffnen, komme ich hinein!“

Mit dem resignierten Stöhnen eines versoffenen Mittdreißigers ohne Perspektive im Leben erhob Victor sich und schleppte sich zur Tür. Ruckartig öffnete er und genoss innerlich, wie die ältere Lady zusammenzuckte. Ihr Gesicht wurde zur Hälfte von einem verschnörkelten Brillengestell verdeckt, das sich mit einigen Zahnrädern und Linsen allen Lichtverhältnissen und Bedürfnissen automatisch anpasste.

„Meine Güte, Victor! Sie sehen furchtbar aus!“, kommentierte Mrs Sanders mit angewidertem Blick, konnte ihr Mitleid aber nicht ganz verbergen. Einen Moment lang war nur das leise Brummen der aufwändig verkleideten Lüftungsschächte und das Ticken der Kupferrohre an den hohen Decken zu hören, während Victor abwägte, zu reagieren.

„Danke“, brummte er und nahm ihr den Briefumschlag aus den krummen braunen Fingern, dann schlug er die Tür wieder zu.

„Victor, der Schlüssel!“, rief sie. Seufzend öffnete er die Tür wieder, zog den Schlüssel aus dem Schloss und sah der rundlichen Frau hinterher. Ihr bestickter bodenlanger Rock reflektierte das warme Licht der vielen Gaslampen. Unter jeder Lampe hing ein anderes Ölporträt der Sanders-Familie, die über Jahrhunderte eine der einflussreichsten in ganz Ironhaven gewesen war. Dieses Herrenhaus war eines der prunkvollsten der gesamten Stadt.

Der ausgetretene dunkelrote Teppichboden bemühte sich, das Geräusch von Mrs Sanders Absätzen zu dämpfen, während sie sich dem Treppenabsatz näherte. Der Gang war mit dunklem Holz getäfelt, durchbrochen von feinen Messingelementen, die keinerlei Zweck vermuten ließen als reine Zierde. Nur die zwanzig Türen, die von dem Gang in unterschiedlich große, angrenzende Zimmer führten, hatten eine Funktion und waren ebenso massiv wie Victors Tür, auf der sich die Messing-Verzierungen fortsetzten. Und so verbarg jede dieser schönen Türen ein anderes Schicksal.

Mrs Sanders vermietete ihre möblierten Zimmer auf zwei Etagen monatsweise an die unterschiedlichsten Leute. Seit Victor vor knapp zwei Jahren seine Detektei im ersten Stock bezogen hatte, hatte sich die Zahl der freien Prostituierten auf seiner Etage etwa verdoppelt. Als ehemaligen Detective Inspector hielten die Damen und Herren des horizontalen Gewerbes ihn für die ideale Nachbarschaft. Und auch Mrs Sanders schien ihn zu mögen, obwohl er sich beim besten Willen nicht erklären konnte, warum. Ihr grauer Afro, der sie umgab wie ein Heiligenschein, verschwand als Letztes, als sie die Treppe nach unten ging. Diesmal drückte er die Tür leiser zu und schloss von innen ab, das vertraute Geräusch der hydraulischen Bolzen erklang.

Von dem ein oder anderen Körpergeräusch begleitet, nahm er seinen angestammten Platz auf der Couch wieder ein. Bereits seit mehreren Wochen schlief er in seinem Büro, weil er die Miete für zwei Räume nicht mehr aufbringen konnte. Die Auftragslage für einen Detektiv sah momentan schlecht aus – besonders für ihn, einen ehemaligen Polizisten, unehrenhaft entlassen und mit dem Ruf, wahnsinnig zu sein. Getrieben von den Dämonen der Vergangenheit.

Sein kleiner Raum wurde in der Mitte dominiert von einem schweren Holzschreibtisch mit Metallbeschlägen, flankiert von einem großen gepolsterten Ledersessel und zwei einfachen Stühlen. Die Couch mit ihren zierlich geschwungenen Beinen stand seitlich an einer Wand unter dem einzigen Fenster. Sie trug eindeutig Mrs Sanders Handschrift und hätte besser in ein Damen-Boudoir gepasst als in Blackwells abgehalfterte Detektei. Zwei alte Schränke, die Victor an antike römische Gebäude erinnerten, beherbergten seine wenigen Habseligkeiten. Alles, was auch nur entfernt mit seiner Arbeit zu tun hatte, türmte sich in Kisten und als hohe Stapel von Büchern und Papier um den Schreibtisch und in den Ecken des Raumes.

Victor atmete tief durch. Der dünne Briefumschlag war etwas zerknittert und zeigte keinerlei Hinweise auf den Absender. Fahrig riss er ihn auf und fischte ein gefaltetes Blatt heraus. Noch bevor er den Inhalt lesen konnte, fiel sein Blick auf die Initialen am Ende: B. C. M.

Ein wütender Schrei entfuhr ihm. Er sprang auf, knüllte das Papier zusammen und warf es, mit mehr Kraft als er selbst für möglich gehalten hatte, in Richtung Papierkorb. Victor musste hier raus, er bekam keine Luft. Er entriegelte die Tür und polterte die Treppe hinunter, durch die imposante Eingangshalle und durch das geöffnete zweiflügelige Portal auf die belebte Hauptstraße. Das alte Backsteingebäude spuckte ihn aus in den Dreck und Lärm eines Mittwochvormittags, mitten in eine der hässlichsten Metropolen Englands. Der Geruch von Maschinen und Industrie drückte auf seine Lunge und er konnte Maschinenöl und Ruß auf der Zunge schmecken.

„Weg da!“, brüllte jemand, und ein markerschütternder Signalpfiff ertönte. Um ein Haar hätte Victor ein paar Zehen verloren, hätte Mrs Sanders ihren Mieter nicht am Arm zurückgezogen. Im nächsten Moment umhüllte sie eine Dampfwolke und nahm ihnen nicht nur die Sicht, sondern auch die Luft zum Atmen, als die Dampfdroschke in halsbrecherischer Geschwindigkeit um die Ecke bog.

„Passen Sie auf, Mr Blackwell! Sie wissen doch, wie unberechenbar der Verkehr hier ist!“, tadelte sie ihn.

„Danke, Mrs Sanders", knurrte er, als sich sein Puls wieder beruhigte. Er war kein großer Fan der Industrialisierung, und besonders rasende Dampfmaschinen stellten für ihn ein Gräuel dar.

„Kommen Sie, wir gehen ein Stück gemeinsam!" Die alte Lady hakte sich unter und zog ihn resolut mit sich. Die prunkvollen Häuser ragten hoch über ihren Köpfen auf und standen eng gedrängt aneinander. Sie ließen keinen Platz für Bäume und andere Pflanzen. Die Fassaden wurden lediglich unterbrochen von kupfergefassten Fensterreihen, die warmes Licht nach draußen glimmen ließen, und aufwändigen Schließmechanismen an den Eingangstüren. Immer begleitet von sich bewegenden mechanischen Wächtern, meist in Tiergestalt, die durch ein ausgeklügeltes System direkt mit dem Polizeiamt verbunden waren. Unmengen von Rohren und Stromleitungen, so dick wie Schiffstaue, zogen sich an den Mauern entlang und kreuzten immer wieder von einer Straßenseite zur anderen den freien Blick in den Himmel. Dieser war grau vom Smog, aber mit ein bisschen Fantasie konnte man erkennen, wo die Sonne stand. Einige Luftschiffe bahnten sich ihren Weg zwischen den hohen Schornsteinen der Fabriken am Stadtrand hindurch. Sie kamen an öffentlichen Gebäuden vorbei, dem Theater, der großen Bibliothek, wo seine gute Bekannte Jane Rutherford als Bibliothekarin arbeitete, eine wirklich begnadete Bibliothekarin, und an der Kammer der Ingenieure. Aber nur ein einziges Gebäude nahm Victor bewusst wahr: Das Wohnhaus, das an das Postamt grenzte, war ein schmaler vierstöckiger Bau im Barockstil. Ähnlich verziert wie das Haus, in dem er wohnte, doch deutlich moderner. Aber das war es nicht, was seine Aufmerksamkeit erregte; es waren die zerbrochenen Fenster im Erdgeschoss und die Brandspuren, die an der Fassade weit bis zum nächsten Stockwerk hinauf reichten. Absperrbänder der Feuergarde flatterten sacht im Wind. Ein äußerst unüblicher Anblick in Ironhaven, wo Löschvorgänge nahezu automatisch abliefen und Brände rasch im Keim erstickt wurden. Wenn Mrs Sanders ihn nicht gerade durch die Stadt ziehen würde, wäre er stehen geblieben und hätte alles genauer inspiziert. Aber eben nicht heute. Weiterhin zischten die unterschiedlichsten Dampfmaschinen in unerhörtem Tempo an ihnen vorbei und hüllten die Passanten in Wolken aus feuchtem Qualm und Dampf. Die meisten von ihnen trugen moderne Kleidung, ausgestellte Kleider mit viel Spitze und schicke Gehröcke mit mechanischen Accessoires, die von Industrie und prall gefüllten Bankkonten zeugten. Victor Blackwell war inmitten des ganzen technischen Fortschritts völlig fehl am Platz. Ein Relikt, genauso verstaubt wie die Folianten in seiner Detektei.

„Was hat Sie denn so aufgewühlt?“, fragte Mrs Sanders, als sie das grobe Kopfsteinpflaster des Marktplatzes erreichten. Den ganzen Weg über hatte sie ihn seinen Gedanken nachgehen lassen, seine grüblerische Miene ignoriert und hier und dort Bekannte gegrüßt, die ihnen entgegenkamen. Victor zog die Augenbrauen noch weiter zusammen und kratzte sich am Kinn. Sein ungepflegter Dreitagebart erinnerte ihn schmerzlich daran, wie wenig in seinem Leben gerade nach Plan lief.

„Hat es mit Ihrer ehemaligen Arbeitsstelle zu tun?“, fragte die alte Lady und schlug in die gleiche Kerbe. Victor mutmaßte, ob sie den Brief heimlich geöffnet oder ob der Überbringer des Telegramms sie informiert hatte. Beides war möglich. Allerdings hatte er keine Ahnung, was darin stand. Es wäre ein großer Zufall, wenn die Initialen nicht seinem ehemaligen Vorgesetzten Superintendent B. C. Miller gehörten. Der Mann, der seine Karriere zerstört hatte. Mrs Sanders blieb stehen und ein Rädchen an ihrer Brille klickte, als sie sein Gesicht fokussierte. Es war, als würden ihn Röntgenstrahlen durchleuchten und seine tiefsten Geheimnisse ergründen. Er hasste es, wenn sie das tat.

„Victor.“ Sie klang tadelnd, wie eine Mutter, die ihrem Kind zum hundertsten Mal erklären musste, wie es sich die Schuhe binden sollte. „Ich nehme an, Sie haben das Telegramm nicht gelesen. Es ist zwei Jahre her, langsam sollten Sie darüber hinweg sein. Meinen Sie nicht?“

„Lesen Sie meine Post, Mrs Sanders?“, fragte Victor schroff zurück, aber sie hielt seinem Blick stand. Nicht das kleinste Wimpernzucken.

„Natürlich nicht. Aber niemand bringt Sie so aus dem Takt wie das hiesige Polizeiamt. Sie reagieren wie ein Stier auf den Torero. Langsam habe ich dieses Verhalten satt, und Sie sollten es auch satthaben. Schauen Sie sich an!“ Sie bedachte seinen speckigen Mantel mit einer fahrigen Handbewegung. Verdammt, warum war er überhaupt aufgestanden?

„Sie sollten jeden Tag genießen, ein Haus kaufen und eine Familie gründen.“ Sie stutzte kurz und fuhr dann härter fort: „Oder zumindest nicht bis mittags betrunken auf der Couch liegen. Sie mögen Ihren Job verloren haben, aber Ihre Würde haben Sie freiwillig abgegeben." Victor öffnete den Mund, um zu widersprechen, doch sie schob ihn voran. „Und jetzt frühstücken Sie erst einmal. Dann unterhalten wir uns weiter."

Mrs Sanders kaufte ihm Fleischpasteten gegen den Kater. Anschließend manövrierte sie ihn etwas abseits unter einen der wenigen Bäume am Rand des Marktplatzes auf eine Bank. Es war Ende März und vergleichsweise mild für diese Jahreszeit. Sie sprach ruhig und in einem geschäftsmäßigen Tonfall mit ihm: „Mr Blackwell, Sie waren einmal ein guter D.I. Ein verdammt guter sogar. Und das kann Ihnen niemand nehmen, auch Superintendent Miller nicht!"

„Wäre ich so gut gewesen, hätten sie mich nicht rausgeschmissen", brummte er.

„Sie wissen besser als ich, dass Sie daran keine Schuld hatten! Das war eine Verkettung schrecklicher Zufälle, und die Zeit war noch nicht reif für Ihre … Methoden."

„Methoden?", fragte er grimmig.

„Wir wissen beide, was alles schiefgegangen ist. Aber darum geht es nicht. Ihre Vergangenheit hat Sie nicht zerstört, Sie haben sich selbst aufgegeben."

Victor verzog das Gesicht, als wollte er widersprechen, doch Mrs Sanders hob ihre Hand. „Ich bin noch nicht fertig! Sie glauben vielleicht, Sie hätten Ihre Chance verpasst. In gewisser Weise mag das auch stimmen, aber Ihre Fähigkeiten haben Sie nicht mit der Marke im Polizeiamt abgegeben. Sie sehen Sachen, die anderen nicht auffallen. Sie kennen sich mit Dingen aus, die andere für Humbug halten, wenn sie überhaupt schon mal davon gehört haben. Diese verdammte Stadt hat Ihnen mehr zu verdanken, als auch nur einer von diesen Dummköpfen ahnt. Sie waren genial darin und Sie können es wieder sein. Sie müssen nur endlich aufhören, in Ihrem eigenen Elend zu ertrinken." Die alte Frau senkte ihre Stimme zu einem verschwörerischen Flüstern, sodass er sich näher zu ihr beugte, um sie zu verstehen.

„Da draußen wartet ein neuer Fall auf Sie. Verpassen Sie diese Chance nicht. Seien Sie nicht so dumm!"

„Sie haben das Telegramm gelesen", stellte Victor trocken fest.

„Natürlich habe ich das. Sie schaffen es ja nicht mal, sich zu rasieren, geschweige denn, eine erfolgreiche Detektei zu führen. Und ich will nicht, dass Sie im Zuchthaus landen, nur weil Sie die Miete nicht zahlen können", tadelte sie.

„Ein neuer Fall?", murmelte er, den Blick glasig auf seine Schuhspitzen gerichtet. Wie lange hatte er darauf gewartet? Aber war er bereit dafür?

„Ja, Mr Blackwell. Sie sind lange noch nicht fertig, nicht, wenn Sie das nicht wollen!" Mrs Sanders legte ihm eine Hand aufs Knie und fuhr sanft fort: „Gehen Sie nach Hause. Duschen Sie und lesen Sie endlich das verdammte Telegramm. Dann entscheiden Sie, ob Sie noch der geniale Detektiv sind, der Sie einmal waren – oder ob Sie es wenigstens versuchen."

Victor sah von seinen Schuhen auf, seiner Vermieterin in die Augen, und auch wenn es sich anfühlte, als würde eine alte Mauer Risse bekommen, erwiderte er schwach das Lächeln der alten Frau und nickte. Auf dem Weg zu seinem Büro spürte er zum ersten Mal seit sehr langer Zeit etwas anderes in seiner Brust als Schwere. Ein kleiner Funke, der aber nicht erlosch, weil jemand schützend eine Hand davorgelegt hatte.

B. C. M.

2. Kapitel

Frisch rasiert und gewaschen, stand Victor Blackwell neben seinem Papierkorb. Grimmig starrte er auf das zerknüllte Blatt Papier. Er rang mit sich, mit der Welt, mit allen alten und neuen Dämonen, dann seufzte er und hob es auf. Victor nahm hinter seinem Schreibtisch auf dem bequemen Ledersessel Platz und schob einige Stapel mit Notizen zur Seite. Er strich das Papier glatt, bevor er es auffaltete. Die Initialen am Ende hatten noch nichts von ihrem Schrecken verloren, aber er zwang sich, mit der ersten Zeile zu beginnen:

Blackwell,
Ein Mann ist auf der Nautilus Noir verschwunden. Vermutlich bei einem Landgang. Polizei konnte nicht helfen. Das U-Boot läuft heute um 18 Uhr aus. Helfen Sie, den Mann zu finden.
Finderlohn!
B. C. M.

Victor las den kurzen Text noch mehrere Male. Er hielt nur spärliche Informationen bereit. Sollte er diesen Fall wirklich annehmen? Miller hatte den Text nicht codiert, aber Finderlohn war gleichbedeutend mit Kopfgeld. Oder etwa nicht? Die Nautilus Noir, bei allen guten Göttern! Auch wenn Victor kein persönliches Interesse an den Neuerungen der Technik hatte, wusste er, was die Nautilus Noir war. Jeder wusste es.

Das U-Boot war vor etwa einem Jahr fertiggestellt worden und galt als eines der modernsten seiner Art. Jedoch war es nicht zur Kriegsführung konzipiert worden, sondern diente vorrangig für Reise- und Forschungszwecke. Eine Symbiose, um Forschungsreisen zu finanzieren und meeresverrückten Touristen die Möglichkeit zu eröffnen, die Tiefsee zu bestaunen. Irgendwann wollten Touristen ins Weltall fliegen und Victor hoffte, dass er diesen Tag nicht mehr erleben würde. Er war der Meinung, dass der Mensch weder als Fisch noch als Vogel gedacht und demnach ganz gut auf der Erdkruste aufgehoben war. Er begann in einer Ecke des Zimmers, alte Zeitungen durchzusehen, und fand schnell, was er suchte. Ein ausführlicher Artikel über die Nautilus Noir, vor etwa sechs Monaten veröffentlicht, nannte einige Eckdaten zum Schiff und der Besatzung. Die Schwarzweißfotografie über dem Artikel zeigte ein paar kleine Menschen, die vor einem schwarzen Unterseeboot in einer Reederei posierten. Ein prächtiges Ungetüm, das entfernt an einen riesigen Walfisch erinnerte. Einige Fenster waren zu erkennen und ein Aufbau, mittig auf dem Buckel. Die Außenhülle war so glatt, dass die Nautilus Noir wie eine seltsame futuristische Vision ihrer selbst wirkte. Nur unterbrochen von Bullaugen und einem großen Fenster am Bug, das den Touristen den Ausblick in die Tiefsee ermöglichte. Victor überflog die ersten Zeilen, entschied sich dann aber, die Seite einzustecken und später in Ruhe zu lesen. Jetzt würde er dem U-Boot einen Besuch abstatten und danach entscheiden, ob er den Fall annahm. Und ob er immer noch der Detective war, den Mrs Sanders in ihm sah.

Das sorgfältig gefaltete Telegramm steckte er in die Innentasche seines Mantels und lauschte auf die vertrauten Geräusche im Inneren des eisernen Türblattes, als er abschloss. Wohl oder übel musste Victor Blackwell eine Dampfdroschke nehmen, wenn er vor 17 Uhr am Hafen eintreffen wollte. So streckte er vor dem Haus den Arm in die Luft und eine der Höllenmaschinen kam mit quietschenden Bremsen neben ihm zum Stehen. Der misstrauische Blick des Fahrers ruhte auf ihm, als Victor sich auf die Passagierbank schob.

„Wo soll's denn hingehen, mein Herr?", schnarrte der Fahrer hinter ihm, setzte das Gefährt aber schon ruckelnd in Bewegung. Victor überlegte für den Bruchteil einer Sekunde, ob er sich zur Bibliothek bringen lassen sollte. Jane war immer seine erste Anlaufstelle, wenn er Informationen benötigte, allerdings wusste er nicht, wonach er sie hätte fragen sollen. Zu viele Ungereimtheiten und zu wenig Zeit.

„Zum Hafen", lautete daher Victors kurze Antwort, und seine Hände gruben sich in das Sitzpolster, während der Fahrer auf Höchstgeschwindigkeit beschleunigte. Das Gefährt rumpelte durch jedes Schlagloch und wich nur im letzten Moment Hindernissen aus. Er hatte freien Blick auf die gesamte Umgebung, da sich serienmäßig Dampfkessel und Fahrer hinter der Passagierbank befanden. Das bedeutete aber auch, dass er bei einem Aufprall mindestens seine Unterschenkel verlieren würde, denn das Schmiedeeisen vor ihm diente nur der Zierde. Dieses Wissen trug nicht dazu bei, dass er die Fahrt, die graue Schönheit der Bauten oder die technischen Errungenschaften genießen konnte. Etwa zwanzig Minuten später kroch Victor mit weichen Knien von der Droschke. Der Hafen lag in genau dem gleichen Smog wie der Rest der Stadt. Auch die leichte Meeresbrise kam nicht gegen den Dreck an, den die Fabriken in den Himmel bliesen. Riesige Schiffe spien Dampf und Qualm in den Nachmittagshimmel, während unzählige Menschen, klein wie Ameisen, an ihnen auf und ab kletterten und Kisten verluden. Mächtige Krananlagen fuhren auf Schienen am Hafenbecken entlang und verluden Container, so groß wie ganze Häuser. Victor blickte über das rege Treiben, bis er fand, wonach er suchte, und ging zu Fuß weiter. Etwas abseits und gut vertäut, durch mehrere Brücken mit dem Kai verbunden, lag glänzend und monströs die Nautilus Noir im Hafen. Sie war mindestens doppelt so groß wie ein Blauwal. Ungefähr auf der Mitte ragte eine Art Fahrerhaus auf. Als Victor näherkam, erkannte er zudem eine Reling, die den oberen Teil des Bootes absicherte. Zudem machte er etliche Bullaugen und Scheinwerfer aus, die sich perfekt in die Außenwand einfügten. Die vorderen Fenster mussten so groß sein wie ausgewachsene Menschen. Auch das integrierte Fahrerhaus verfügte über die gleichen Lampen und war verglast. Dieses majestätische U-Boot beeindruckte Victor mehr, als er zuerst angenommen hatte. Zumindest optisch machte es Eindruck. Er stutzte kurz und überlegte, wo sich die Schornsteine befanden, denn zweifelsohne wurde dieser Tage alles mit Kohle und Dampf betrieben. Er war noch etwa einhundert Meter von dem Schiff entfernt, als er von weiter vorn seinen Namen hörte.

„Blackwell, Sie erscheinen spät!“, begrüßte ihn ein Mann mit beachtlichem Schnauzbart. Er trug einen schwarzen Wollmantel, unauffällig, aber teuer, den Hut hatte er tief ins Gesicht gezogen. In der linken Hand hielt er seinen unverkennbaren Gehstock.

Victor presste die Lippen zusammen.

„Miller“, entgegnete er kühl. Der Mann, der seine Karriere zerstört und sein Leben ruiniert hatte, stand keine zwei Meter vor ihm. Victor hatte oft fantasiert, wie er reagieren würde. Es war das erste Zusammentreffen seit seiner Entlassung. Jetzt stand er nur da und wartete.

„Ich werde mich nicht bei Ihnen entschuldigen für das, was ich damals tun musste. Aber ich schätze es, dass Sie meinem Telegramm nachkommen und den Fall übernehmen.“

Victor schnaubte leise. „Ich bin hier, um mir einen Überblick zu verschaffen. Ob ich den Fall übernehme, ist noch nicht entschieden.“

„Das ist Ihr gutes Recht. Aber aufgrund der … Gegebenheiten ist Eile geboten.“ Miller kam einen Schritt auf ihn zu, die Spitze des Gehstocks kratzte über das Steinpflaster.

Victor musterte ihn misstrauisch. „Warum kümmern Sie sich nicht?“

Die Miene seines Gegenübers verfinsterte sich. „Die Polizei hat alles getan, was in solchen Fällen zu tun ist. Das Boot wurde gründlich durchsucht, die anderen Passagiere und Angehörige befragt. Keine Hinweise. Der Mann bleibt unauffindbar.“

„Und was ist meine Aufgabe? Herausfinden, ob er sich mit seiner Liebschaft irgendwo abgesetzt hat?“ Victors Stimme triefte vor Verachtung und er wandte sich ab.

Was für eine Farce, welch Verschwendung seines Intellektes. Und seiner Zeit.

Millers Mundwinkel zuckte spöttisch. „So einfach ist es nicht.“ Dann fuhr er leiser fort: „Nicht die eifersüchtige Ehefrau hat uns beauftragt. Es war der Kapitän.“

Victor hielt inne. „Der Kapitän?“, wiederholte er, plötzlich hellwach.

Miller nickte. „Der Verschwundene ist der Wissenschaftler. Dr. Alistair Cromwell, Meeresbiologe aus Massachusetts, USA. Sein Fachgebiet ist die Tiefsee. Er ging vor zwei Wochen mit einem dreiköpfigen Forschungsteam an Bord der Nautilus Noir. Dr. Cromwell erschien vor zwei Tagen nicht zum Frühstück. Die Besatzung durchsuchte das ganze Boot mehrmals, ohne Hinweise. Gestern entschied der Kapitän, die Reise für vierundzwanzig Stunden zu unterbrechen und den Hafen von Ironhaven anzusteuern. Wie Sie bereits wissen, konnte die Polizei nichts ausrichten. Die Nautilus Noir muss heute Punkt achtzehn Uhr wieder ablegen, sonst werden Geldbußen fällig und die Expedition des Forschungsteams wird gefährdet.“

„Und was soll ich in den zwei Stunden ausrichten?“, fragte Victor zynisch und zog seine Taschenuhr hervor.

„Ich vermute, nicht viel“, gab Miller mit einem leichten Achselzucken zu. „Aber die Zwischenfälle haben nicht aufgehört, Blackwell.“

Victor hielt in der Bewegung inne. Deshalb bestellte Miller ihn hierher? Victor sah hinauf zu dem verglasten Führerhaus. Er konnte darin einen Schemen ausmachen.

„Welche Zwischenfälle?“, presste er zwischen zusammengebissenen Zähnen hervor.

Der Superintendent sah ihm fest in die Augen. „Zwischenfälle, für die nur Sie eine Erklärung finden können.“

Victor ballte die Hände in den Manteltaschen zu Fäusten. „Das kann nicht Ihr verdammter Ernst sein!“

Vor zwei Jahren hatte sich Victor um Zwischenfälle gekümmert und Erklärungen gefunden, die Miller nicht gefielen. Er hatte Victor als wahnsinnig abgetan und ihn entlassen. Und er gab Victor die volle Schuld.

Miller trat einen Schritt näher und senkte die Stimme, bevor er weitersprach: „Beruhigen Sie sich, Blackwell! Ich weiß, wie das auf Sie wirken muss. Hören Sie mir zu. Es gibt nur eine Person, die herausfinden kann, was an Bord vor sich geht. Ich würde Sie nicht fragen, wenn es eine andere Möglichkeit gäbe.“

„Haben Sie etwa kein Vertrauen in Ihre eigenen Leute?“, gab Victor zynisch zurück.

„Diese Person kann nicht im Dienst der Krone stehen“, setzte Miller ungerührt hinzu.

Der Detektiv schnaubte abfällig.

3. Kapitel

Isabella Brasswright kalibrierte den Regler mit präzisen Bewegungen und ihre Augen wanderten konzentriert über die Anzeigen. Der Druck hatte sich bei knapp 0,2 Atmosphären stabilisiert – das sollte genügen. Der Kristall im Zylinder leuchtete wieder konstant und schwebte perfekt im luftleeren Raum. Die metallenen Armaturen an den Wänden des Raumes reflektierten das Leuchten und multiplizierten es ins Unendliche. Isabella hielt inne und sog die fragile Schönheit in sich auf, die von dem Kristall ausging.

Sie würde Lars anweisen, regelmäßig das Feuer und den Kesseldruck der kleinen Dampfmaschine zu kontrollieren. In den letzten Tagen war das Vakuum im Ätherzylinder bereits dreimal in den kritischen Bereich gefallen. Jetzt bewachten abwechselnd der Funker Lars und die Reed-Zwillinge die Tür. Nur um sicherzustellen, dass nicht doch jemand Unbefugtes den Ätherraum betrat. Die Mechanikerin hatte vor dem Ablegen nur routinemäßig nach den Maschinen geschaut und zum Glück früh genug erkannt, dass sich der Druck wieder erhöht hatte. Es gab keine technische Erklärung dafür. Ihre Augen brannten und die Atemmaske ließ nicht mehr genug Sauerstoff durch. Sie würde den Kapitän nach neuen Masken für sich und die Juniortechniker fragen, wenn sie ihm Bericht erstatten musste.

Sie steckte ihr Werkzeug blind zurück an den Gürtel. Zwei kleine Schraubendreher, Pinzette und das Maschinenöl, mehr hatte sie nicht benötigt. Der kleine Flacon schimmerte rötlich. Er erinnerte eher an ein teures Parfüm als an einfaches Schmiermittel, aber das war es, was hier unten alles am Laufen hielt. Das, Unmengen Metall und der Ätherkristall. Die neue Technologie, um die so viele Staaten das vereinte Königreich beneideten. Isabella erklomm die Stufen zur Tür und schlüpfte hindurch, bevor der Wachmann die hydraulischen Türbolzen verriegelte. Endlich nahm sie die Maske ab und atmete erleichtert durch.

„Wrench, alles okay?“, fragte der Mann hinter ihr. Wrench wurde sie nur an Bord der Nautilus Noir genannt. Schraubenschlüssel. Ein Kosename, der ihr jedes Mal einen Stich versetzte.

„Kontrolliert den Druck jede Stunde und ruft mich, bevor der Alarm losgeht. Wir hatten genug Aufregung in den letzten Tagen.“

„Ist okay, Boss!“

Isabella drehte sich nicht um, bevor sie zurück zum Rest der Besatzung ging. Sie kannte das Schiff wie ihr eigenes Zuhause, es war ihr Zuhause. Sie war am Bau maßgeblich beteiligt gewesen und hatte die Vorrichtung für den Ätherkristall konzipiert, das Herz des Schiffes. Pulsierend und kräftig genug, um ihnen eine Menge Ärger zu bereiten, reichte ein Kristall von der Größe einer Ananas aus, um die 700 Tonnen Stahl und Menschen mit Leichtigkeit durch die Tiefsee zu manövrieren. Und der Rest des riesigen Schiffes gehorchte ebenfalls ihren Händen.

Isabella war auf einem großen Dampfschiff zur Welt gekommen. Ihr Vater war Mechaniker und ihre Mutter Schiffsköchin. Sie wuchs zwischen schwankenden Metallwänden auf und begann früh damit, ihrem Vater zur Hand zu gehen. Bereits im Alter von zehn Jahren führte sie Reparaturen durch, für die andere Mechaniker studieren mussten. Isabella hatte nie eine Schule besucht. Alles, was sie interessierte, waren Maschinen, und sie wurde die Beste in diesem Fach. Ihr Ruf war ihr vorausgeeilt und Kapitän Dekama und einige reiche Investoren hatten ihr ein Angebot gemacht, das sie nicht ablehnen konnte.

Jetzt schlängelte sie sich durch die Innereien ihres Schiffes, durch die Gänge aus dunklem Metall, auf dem die Messingbeschläge so wunderschön glänzten. Durch die geöffneten Türen, an denen nur die Handräder daran erinnerten, dass sie luft- und wasserdicht abzuriegeln waren, glitt Isabella in Windeseile vorbei. Sie wollte zum Kapitän, um ihm Bericht zu erstatten. Es war keine Katastrophe, aber er musste darüber informiert werden, was an Bord des Schiffes vor sich ging. So auch über den wiederholten Druckanstieg im Kristallzylinder. Als Isabella durch die Luke zum Aufenthaltsraum stieg, stoppte sie abrupt.

Robert N. Dekama, Kapitän der Nautilus Noir, sprach mit lauter Stimme zur Besatzung, als Isabella dazu kam. Sie stand ganz hinten und konnte nichts erkennen. „... deshalb ist Ihre Mithilfe dringend erforderlich. Bitte gehen Sie jetzt zurück an Ihre Arbeit, vielen Dank!“, endete der Kapitän und die Versammlung löste sich wieder auf.

Verdammt, sie hatte es verpasst.

„Miss Brasswright, da sind Sie ja. Ich möchte Ihnen jemanden vorstellen“, wandte sich Dekama an sie und Isabella hob den Kopf. Sie schob sich an den zwei Juniortechnikern Alfred und Bill vorbei, die ihr freundlich zunickten.

Jetzt sah sie, wen der Kapitän meinte. Ein Mann mit mürrischem Gesicht stand neben ihm, die Hände in den Taschen seines abgetragenen Ledermantels vergraben. Darunter waren eine schmucklose graue Weste und ein passendes Hemd zu sehen. Das Haar trug er unordentlich nach hinten gekämmt. Neben dem Kapitän in seiner Schmuckuniform mit den vielen Messingknöpfen und Stickereien sah er erbärmlich aus, auch wenn er frisch rasiert zu sein schien.

„Das ist Victor Blackwell, Privatdetektiv aus Ironhaven. Superintendent Miller hat ihn geschickt, um uns etwas unter die Arme zu greifen." Und dann, an Blackwell gewandt: „Mr Blackwell, das ist unsere Mechanikerin und treibende Kraft dieses technischen Meisterwerkes: Isabella Brasswright."

Isabella griff nach Blackwells Hand, die feucht und kalt war. „Sehr erfreut", sagte sie wohlerzogen, während ihr Gegenüber etwas ähnliches brummte. Ein spaßiger Zeitgenosse.

„Miss Brasswright, wären Sie so freundlich, Mr Blackwell die Maschinenräume zu zeigen?", forderte Kapitän Dekama sie auf.

Isabella zuckte kaum merklich zusammen. „Natürlich, Sir. Wann erwarten Sie meinen Bericht?"

Dekama schloss für einen Moment die Augen. Victor fiel auf, wie müde er wirkte. Die letzten Tage hatten ihm sichtlich zugesetzt. „Natürlich, Ihr Bericht. Aber wissen Sie, was? Begleiten Sie mich doch beide hinauf zur Brücke. Nutzen wir die Gelegenheit, unsere kleine Führung dort zu beginnen und Mr Blackwell schon einmal von unserer jüngsten Problematik in Kenntnis zu setzen. Einverstanden?“

Isabella war keinesfalls einverstanden, sie kannte diesen Mann überhaupt nicht. Aber sie gehorchte und folgte den Männern.

Wie erwartet, handelte es sich bei dem verglasten Raum um die Steuerbrücke. Victor trat als Letzter ein und hielt einen Moment inne. Vor ihm erstreckte sich das Hafenbecken, in dem zahllose Dampfschiffe vorbeizogen und dichte Qualmwolken in den Himmel spuckten. Das Schaltpult ragte massiv in der Mitte des runden Raumes auf und war überzogen mit einer Vielzahl von Messungsanzeigen, Schaltern und Hebeln. Ein schmuckvoll gestaltetes Steuerrad bildete den Abschluss. Alles glänzte wie ein aufgetürmter Goldschatz. Der Kapitän bewegte sich zielsicher zu den Armaturen, seine Hände fanden blind Knöpfe und Hebel. Ein tiefes Brummen stieg aus den Tiefen des Boots auf, zog durch Metall und Schrauben und vibrierte in Victors Knochen. Ihn durchfuhr ein seltsames Gefühl. Plötzlich stieg der Meeresspiegel um mehrere Meter an, dieser Koloss von einem Unterwasserseeboot machte sich bereit. Victor klammerte sich instinktiv an den Handlauf, das kalte Metall grub sich in seine Handflächen. Isabella Brasswright musterte ihn aus dem Augenwinkel. Das U-Boot schwankte träge auf der schwarzen Wasseroberfläche, doch sein Herz raste. Die Nautilus Noir nahm allmählich Fahrt auf, und Schweiß brach ihm in kleinen, heißen Tropfen aus. Mit jedem Augenblick wuchs der Druck, die Beschleunigung zerrte an ihm, als wollte sie ihn von den Füßen reißen. Für einen Moment drehte sich alles um ihn, und er musste sich zusammenreißen, um nicht zu stürzen.

„Kommen Sie, setzen Sie sich hier hin“, forderte Isabella ihn bestimmt auf. Ohne viel Federlesens zog sie ihn von der Treppe zu einem Stuhl mit Armlehnen, der ohne Zweifel für den Kapitän bestimmt war. Victor stemmte sich gegen die Beschleunigung, bemüht, das Gleichgewicht zu halten, während Isabella mühelos balancierte, als würde sie an einem ruhigen Strand flanieren. Endlich erreichte er den Stuhl, der fest im Boden verankert war, und ließ sich zitternd zurückfallen. Seine Fingernägel gruben sich in die Holzarmlehnen, während Übelkeit in ihm aufstieg.

„Schauen Sie in die Ferne. Und wenn es nicht mehr geht, nehmen Sie das hier.“ Ms Brasswright drückte ihm einen Papierkorb in den Schoß und musterte ihn mit besorgtem Blick. Nicht seinetwillen – ihre Sorge galt dem Schiff und den Armaturen, sollte er sich übergeben müssen. Sie wandte sich an den Kapitän. Dekama stand unbeeindruckt am Steuerrad und lauschte dem Flüstern seiner Mechanikerin. „Sir, glauben Sie, dass er die beste Wahl für diesen Auftrag ist?“

„Superintendent Miller sagte, er sei der Einzige für diesen Job. Aber ich verstehe, worauf Sie anspielen. Schicken Sie nach Dr. Ashwood“, raunte Dekama, während die Nautilus Noir das offene Meer erreichte. Isabella Brasswright verschwand leichtfüßig und glitt die steile Treppe hinunter.

Einen Augenblick später erbrach sich Blackwell geräuschvoll in den Papierkorb.

Als Dr. Ashwood eintrat, sah Victor aus wie ein Bettlaken und war schweißgebadet. „Guten Abend, Mr Blackwell. Ich bin Dr. Lydia Ashwood, die Schiffsärztin der Nautilus Noir."

Victor nickte matt, ohne ihr die Hand zu reichen.

„Gehe ich recht in der Annahme, dass Sie an Seekrankheit leiden?", untertrieb sie, während Victor gegen den Brechreiz kämpfte, um zu antworten.

„Die Geschwindigkeit", brachte er mühsam hervor.

Die Ärztin wandte sich an Isabella: „Wie schnell fahren wir?"

Die Mechanikerin trat zur Anzeige und runzelte die Stirn. „Keine acht Knoten."

Dr. Ashwood zog die Augenbrauen zusammen, hielt kurz inne und tastete nach Victors Handgelenk. „Ihr Puls ist erhöht. Sie zittern." Sie befühlte seine Stirn und wischte die Hand an ihrem Kittel ab. „Kein Fieber." Dann öffnete sie ihre lederne Arzttasche, zog eine Ampulle heraus und kontrollierte sorgfältig das Etikett. „Sind Sie einverstanden, wenn ich Ihnen ein kleines Beruhigungsmittel verabreiche?"

Victor hob den Blick und begegnete ihren ruhigen grünen Augen. Schwach löste er eine Hand von der Armlehne, um seinen Mantel auszuziehen. Isabella kam ihm zu Hilfe, sein Hemd war durchnässt und seine Haut kalt. Dr. Ashwood desinfizierte eine Stelle an seinem Oberarm und setzte ohne ein weiteres Wort die Spritze. Als sie den Tupfer auf den kleinen Blutstropfen drückte, entfuhr Victor Blackwell ein Stoßseufzer.

„Er sollte sich jetzt ausruhen“, wies Ashwood Isabella an. Sie machte sich daran, ihm ins Hemd zu helfen. Eindeutig hätte die Ärztin eine Assistentin gebrauchen können.

Auf Geheiß des Kapitäns hatte Isabella ihn mit Dr. Ashwoods Hilfe zu den Passagierkabinen gebracht. Alle beängstigend eng gebaut, aber immer noch weitläufig im Vergleich zu den Räumlichkeiten der Besatzung. Mr Blackwell war zu herzlich wenig in der Lage, seine Augenlider halb geschlossen, mit milden Gesichtszügen. Jemand rief auf dem Gang nach der Ärztin, der Koch hatte sich in den Finger geschnitten und ein Blutbad veranstaltet. Also war es nun an Isabella, sicherzustellen, dass der betäubte Mann in seinem Zimmer ankam. Er glitt wie ein wirbelloser Wurm von ihrer Schulter auf das Bett. Er war noch bei Bewusstsein, hatte aber deutlich an Körperspannung eingebüßt. Dafür war seine Haut wieder warm und sein Teint fast rosig.

„Dr. Ashwood sagt, die Wirkung wird noch vier Stunden anhalten. Wenn Sie möchten, lasse ich Ihnen etwas zu essen bringen?“, bot Isabella an, unschlüssig, wie sie möglichst schnell aus dem Zimmer kommen sollte.

Victor öffnete die Augen ein wenig weiter und sprach, als hätte er ein Bonbon im Mund. „Danke, das wäre nett. Ich, äh … Entschuldigen Sie bitte meine körperliche Verfassung!“

Sicherlich hatte er dort oben auf der Brücke einiges an Selbstwürde eingebüßt, und sein jetziger Zustand stellte keine große Verbesserung dar.

„Ich würde mich jetzt verabschieden. Wir finden bestimmt morgen noch die Gelegenheit zum Austausch.“ Die Mechanikerin räusperte sich.

„Nein, bitte bleiben Sie noch. Ich bin geistig in der Lage, Ihnen Fragen zu stellen. Ich denke, die Zeit läuft uns davon“, insistierte der Mann und Isabella hätte schwören können, dass er sie mindestens doppelt sah.

„Nun gut, wenn Sie dennoch feststellen, dass es Ihnen ungemütlich wird, lassen Sie es mich wissen.“ Sie eilte kurz hinüber zum Speiseraum und veranlasste, dass einer der Schiffshelfer etwas Essbares brachte.

Victor saß mit dem Rücken an die Wand gelehnt und stellte den Teller auf seinem Schoß ab. Wie ein Faultier führte er einen Löffel voll Kartoffelbrei zum Mund. Isabella sah ihm zu, als wäre sie im zoologischen Garten. Das letzte Mal hatte sie Faultiere an der Küste von Südamerika gesehen, als sie mit ihrem letzten Kapitän und dem Dampfschiff dort angelegt hatten. Ihr Magen zog sich bei der Erinnerung zusammen.

„Erzählen Sie mir, warum ich hier bin!“, forderte der schmatzende Mann sie auf.

Isabella runzelte die Stirn. Hatte er es vergessen? „Was meinen Sie?“, fragte sie laut.

„Nun ja, ich bin doch hier, um irgendwelche Zwischenfälle aufzuklären. Richtig?“ Victors Löffel kreiste.

Die Augenbrauen der Mechanikerin wanderten ungläubig in die Höhe. „Hat Kapitän Dekama Ihnen das nicht mitgeteilt?“, entgegnete sie. Dabei war sie davon ausgegangen, dass der Kapitän ihn schon umfassend in Kenntnis gesetzt hatte, oder zumindest dieser Superintendent Miller.

„Nein, bisher hatten wir noch keine Gelegenheit dazu." Victor zeigte mit dem Löffel an sich auf und ab. Isabella nickte verständnisvoll.

„Also, die Zwischenfälle begannen vor ungefähr einer Woche", begann sie zögerlich, nicht sicher, ob ihm zu trauen war. Sie mied seinen Blick und drehte gedankenverloren eine kleine Schraube zwischen den Fingern hin und her. Victor ließ den Löffel sinken und musterte Isabella eingehend. Erst jetzt hatte er die Ruhe dazu, die hochgewachsene Frau zu analysieren. Sie trug eine Schweißerbrille im lockigen kurzen Haar und eine Lederweste über einem ehemals weißen Leinenhemd, das seinem Mantel in Sachen Reinheit in nichts nachstand. Ihre blauen Augen waren gerötet, als hätte sie zu lange in die Sonne geschaut. An der linken Hand trug sie einen Lederhandschuh in derselben Farbe wie ihr Werkzeuggürtel. Es wirkte, als seien daran magische Gegenstände und keine weltlichen Dinge befestigt. In dem engen Raum nahm er ihren Geruch deutlich wahr. Eine Mischung aus Maschinenöl und etwas Süßlichem, das er nicht einordnen konnte, ihn aber an Gebäck erinnerte.

„Vor ungefähr einer Woche?", wiederholte er ihre letzte Aussage.

„Ja, es waren Kleinigkeiten, die uns nicht sofort auffielen. Dinge, die verschwanden und wo anders wieder auftauchten. So etwas in der Art."

„Haben Sie ein Beispiel?"

„Mir fiel auf, dass in der Werkstatt Werkzeug fehlte oder ganz woanders wieder auftauchte. Da ich den Raum aber nicht allein nutze, dachte ich an das Forschungsteam. Anderen aus der Besatzung fehlten auch Gegenstände, eine Taschenuhr, Stifte, Kleidung, Bücher, alles Mögliche … und irgendwann taucht das Zeug plötzlich wieder auf und niemand weiß, wie es dorthin kam“, überlegte Isabella laut.

„Wo tauchten die Gegenstände wieder auf?“, fragte Victor und spürte, wie gut ihm das Essen tat. Dank des kleinen Beruhigungsmittels fühlte er sich entspannter denn je.

„Es waren keine wichtigen Dinge. Vielleicht hatte jemand die Sachen auch nur verlegt, wissen Sie? Oft fanden die Besitzer ihre Gegenstände in der Nähe der Orte wieder auf, wo sie verschwunden sind. Nur das Logbuch des Kapitäns, das ist ganz woanders wieder aufgetaucht. In der Werkstatt.“

„Wie lange war es verschwunden?“

„Eine Nacht lang. Der Kapitän war zwischen zweiundzwanzig und fünf Uhr nicht auf der Brücke. Der Steuermann dachte, Kapitän Dekama hätte es mit in seine Kajüte genommen.“

„Also war es vorher schon verschwunden?“

„Das können wir leider nicht genau beantworten. Es fiel dem Steuermann nur nachts auf. Als er etwas nachschauen wollte, war das Logbuch weg und der Kapitän brachte es am Morgen nicht mit.“

„Wer hat Zutritt zur Brücke?“

„Alle, die hinaufwollen. Aber nur zu bestimmten Zeiten. Es ist schließlich einer der beliebtesten Ausgucke. Damit niemand den Kurs ändern kann, gibt es einen Zahlencode, um das Schaltpult zu entriegeln. Den kennt nur eine Handvoll Leute."

„Zu welchen Zeiten?"

„Nach dem Frühstück und Abendessen, jeweils für dreißig Minuten."

„Wie lauten die genauen Uhrzeiten?", hakte Victor nach und spürte seine Lebensgeister zurückkommen.

„Neun bis neun Uhr dreißig und zwanzig bis zwanzig Uhr dreißig."

„Wird Buch geführt, wer die Brücke besucht?"

„Ja. Nach dem Vorfall haben wir alle Besucher befragt, leider ohne Erfolg. Von den fünf Passagieren hat niemand etwas bemerkt. Auch der Kapitän selbst nicht." Isabella kam sich vor wie bei einem Polizeiverhör.

„Wer hat Zutritt zur Werkstatt?"

„Eigentlich jeder. Die Türen sind nicht verschlossen oder bewacht. Aber die Passagiere verlaufen sich nicht dorthin."

Der Detektiv zog skeptisch eine Augenbraue hoch. „Benutzt das Forschungsteam die Werkstatt?"

„Ja, aber hauptsächlich halten sie sich im Labor auf. Das liegt daneben."

Victors Augen wurden schmal, als er nachdachte. Das brachte keine brauchbaren Informationen. „Wen halten Sie für verdächtig?"

„Gute Frage, von der Besatzung niemanden. Die Forscher und Passagiere kenne ich nicht gut genug."

„Warum ist die Besatzung nicht verdächtig?"

„Weil wir seit einem Jahr immer wieder gemeinsam auf der Nautilus Noir leben und arbeiten. Wir kennen uns gut. Wir sind ein gutes Team und es gab nie Probleme."

„Bisher", warf Victor ein.

„Was wollen Sie damit andeuten?", empörte sich Isabella, wohl wissend, dass sie hier nicht die Fragen stellte. Der Detektiv überging ihren Einwand. „Wie viele Menschen sind an Bord?"

„Einundzwanzig. Die Crew besteht aus zwölf Leuten: Kapitän Dekama, der zweite Offizier, der Navigator, der Funker, zwei Juniortechniker, die Ärztin, ein Koch, drei Deckhelfer und ich. Dazu kommen das Forscherteam, ehemals vier, jetzt noch drei Personen, und unsere regulären Passagiere, drei Ehepaare", zählte sie an ihren Fingern ab.

„Gibt es keinen ersten Offizier?"

„Dieses Mal nicht, ich vertrete ihn."

„Aber ich dachte, Sie sind die Mechanikerin?" Diese Frau hatte anscheinend mehrere Talente.

„Ja, das auch. Ich kenne das Schiff ganz gut, habe an der Entstehung mitgearbeitet und vertrete den Kollegen, solange er in den Flitterwochen ist."

„Flitterwochen", echote Victor und kratzte sich am Kinn. „Generell ist die Crew recht klein, meinen Sie nicht?"

„Das stimmt. Die Nautilus Noir ist wartungsarm konzipiert, vieles läuft automatisch, mechanisch, die Technik erleichtert uns das Leben hier unten enorm. Und da es nur ein dreiwöchiger Törn ist und nur wenige Passagiere an Bord sind, hat sich der Kapitän entschieden, den übrigen fünf

Mannschaftsmitgliedern einen kleinen Urlaub zu ermöglichen."

„Großzügig, Ihr Kapitän", kommentierte Victor zynisch.

„Er ist in Ordnung", knurrte Isabella und erwartete einen stichelnden Kommentar ihres Gegenübers.

„Sollte es jemanden geben, der hier absichtlich boykottiert?"

„Nein, für unsere Mannschaft lege ich meine Hand ins Feuer!", insistierte Isabella und verzog das Gesicht kaum merklich, doch Victor entging es nicht.

„Ist alles in Ordnung, Miss Brasswright?"

„Jaja, alles in Ordnung. Möchten Sie noch etwas wissen?", wimmelte sie ihn ab, erwiderte aber Victors Blick.

Es verging ein Augenblick der Regungslosigkeit, bis er weitersprach. „Gab es weitere Zwischenfälle?"

„Sie sollten vielleicht die übrigen Menschen an Bord befragen. Ich glaube, einige haben seltsame Dinge zu berichten. Erklärungen haben wir bisher nicht gefunden."

„Das klingt nach einer hervorragenden Idee. Was halten Sie davon, wenn Sie mir dabei das Schiff zeigen?", sagte Victor und stellte seinen leeren Teller neben sich. Er zog die Taschenuhr hervor, es war kurz nach halb neun. Den Abend würde er nicht ungenutzt verstreichen lassen.

„Meinen Sie nicht, Sie sollten sich noch schonen?"

„Ganz im Gegenteil. Wir sollten die Gunst der Stunde nutzen, bevor die Wirkung des Medikamentes nachlässt!" Etwas mühsam kam er auf die Beine. Isabella hielt es für keine gute Idee, dass der Mann in seinem Zustand das Zimmer verließ, befürchtete aber auch, dass ihre Einwände kein

Gehör fänden, also gab sie nach. Was sollte schon passieren? So folgte sie ihm auf den Gang und übernahm die Führung durch die Innereien der Nautilus Noir. Da sie sich im Obergeschoss befanden, zeigte sie dem Detektiv zuerst die angrenzenden Räume. Es handelte sich um eine Reihe baugleicher Passagierkabinen mit schmalen Betten und einem kleinen Bullauge, das nichts als Schwärze zeigte. Die Räume waren spartanisch eingerichtet, doch die Lampenhalter über jedem Bett waren opulent verziert. Die Bettwäsche hätte man so auch in einem Hotel der gehobenen Kategorie gefunden, und der dunkelblaue Teppichboden sprach eine ganz andere Sprache als die blanken Metallböden im restlichen Schiff. Bordüren aus Tentakelmustern, abgewechselt von Kristallen und Zahnrädern, schlängelten sich unterhalb der Raumdecke rundherum. Eine Ode an die hochgelobte Technik.

Mehrere Kabinen waren nicht belegt, weshalb diese nach dem Verschwinden des Doktors für die restlichen Menschen an Bord verschlossen blieben. Isabella besaß einen Schlüssel und achtete anschließend akribisch darauf, dass sie wieder abschloss. Den Schlüssel in Form eines Seepferdchens trug sie an einer feinen goldenen Kette um ihren Hals. Sie kamen an den Toiletten und Duschen in der Mitte des Ganges vorbei.

„Können Sie mir auch das Zimmer des Vermissten zeigen?“

„Ja, natürlich. Es ist das letzte Zimmer am Ende des Gangs.“

Isabella schloss auf. Die Luft war abgestanden, das Zimmer noch kleiner als die Touristenklasse und weniger schmuckvoll gestaltet. Außerdem gab es kein Fenster, lediglich eine Glühbirne hinter einem Messinggitter an der Zimmerdecke. Das Bett war ordentlich gemacht, aber es lagen einige persönliche Gegenstände herum. Das Regal an der Wand gegenüber der Tür war keinen halben Meter breit und ragte am Kopfteil des Bettes hervor. Es gab einige gefaltete Kleidungsstücke, mehrere Bücher und Kladden, die Victor für Forschungstagebücher hielt. Er griff die Bücher nacheinander und blätterte sie kurz durch, auf der Suche nach einem Zettel oder anderen Auffälligkeiten. Dann nahm er sich die Kladden vor, sie waren alle vollkommen leer.

„Woran hat der Doktor geforscht?“, fragte Victor und stellte sie zurück ins Regal. Dann nahm er die Kleidungsstücke heraus und legte sie auf das Bett, um alle Taschen zu kontrollieren.

„Er und sein Team erforschen Tiefseelebewesen. Ich glaube, sie sind alle mehr oder weniger Meeresbiologen und suchen nach unbekannten Arten.“

„Interessant“, kommentierte Victor und zog einen kurzen Bleistift aus der Tasche eines Hemdes. „Wie geht das Team dazu vor?“

„Sie halten sich oft im Salon auf, dort gibt es ein großes Fenster.“ Isabella schien eine Gefühlsregung zu unterdrücken.

„Und was machen sie dort?“

„Na ja … sie schauen aus dem Fenstern“, druckste Isabella herum und verkniff sich ein Grinsen.

„Wie bitte?“

„So habe ich es verstanden. Sie warten darauf, dass etwas vorbeischwimmt, das sie noch nicht kennen, und dann sind sie alle ganz aufgeregt und wollen den Kapitän sprechen und das Boot stoppen. Anschließend nehmen sie Wasserproben und analysieren alles Mögliche im Labor. Und sie sitzen noch mehr im Salon vor dem Fenster. Ich kann mir ja nicht vorstellen, dass sie die Tiere da draußen mit den Scheinwerfern nicht vergraulen.“

„Wie nehmen sie denn Wasserproben, bitte schön?“ Victor hatte keine Ahnung von Unterwasserseebooten und Meeresbiologie, aber er wusste, dass man hier unten unmöglich ein Fenster öffnen und ein Glas Wasser abfüllen konnte.

„Oh, es gibt eine Schleuse, die kann man fluten. Oder man lässt eben nur ein paar Liter Wasser hinein, verschließt sie und kann dann problemlos eine Probe nehmen. Wissen Sie? Eigentlich ist die Schleuse für Taucher.“

„Sie wollen mir aber nicht erzählen, dass hier unten jemand tauchen geht?“

„Also nicht bei eintausendfünfhundert Metern, aber bis knapp siebenhundert Meter ist es problemlos möglich. Es handelt sich um eine statische Tauchkammer, wie eine ausgehöhlte Kanonenkugel, die noch mit dem Mutterschiff verbunden ist. Man kann sich darin nicht bewegen wie in einem einfachen Tauchanzug, da würde man sofort zerquetscht werden.“

Diese Vorstellung erzeugte in Victor Unbehagen, weshalb er den Gedanken zur Seite schob, so weit er konnte.

„Wollen wir weiter?“, fragte Isabella, die merkte, dass ihm mulmig wurde.

„Bitte, nach Ihnen!“ Victor bedeutete ihr mit ausgestrecktem Arm, voranzugehen. Als Nächstes betraten sie das Speisezimmer der Passagiere. Der intensive Geruch von Essen war beinahe greifbar. Definitiv Fisch. Es war alles abgeräumt und der Raum lag ruhig und leer da, nur einer der Deckhelfer wischte gerade die Tische ab. Der Raum maß nicht mehr als 25 Quadratmeter, alles war ein wenig beengt. Aber auch dieser Raum war elegant verziert, ohne im Weg zu sein. Das gleiche Muster aus Tentakeln und Technik rankte sich über alle Wände, die Lampen entsprachen denen der Zimmer, und die Stühle an den runden Tischchen hatten lange, gedrechselte Beine. So musste es bei der Jungfernfahrt der Titanic 1912 ausgesehen haben, schoss es Victor durch den Kopf, ohne dass er sich noch an die Zeitungsbilder zur 50. Jubiläumsfahrt nach New York vor ein paar Jahren erinnern konnte. Aber das war jetzt auch nicht so wichtig. Sein Augenmerk galt vielmehr dem dunkelhäutigen Mann, der ein frisches Tischtuch auf den am Boden montierten Tisch legte. Er war groß und schlank, die kurzen Ärmel seines weißen Hemdes stellten ein paar sehnige Muskeln zur Schau. Er sah aus wie aus einer Werbeanzeige, was zum größten Teil an seiner Kleidung lag, dem Halstuch und den silbernen Knöpfen an der blauen Hose. Fehlte nur noch der Matrosenhut.

„Das ist Pierre Dupont. Er ist hier eine Art Concierge“, stellte Isabella den Mann vor, der Victor augenblicklich die Hand reichte und professionell lächelte.

„Sehr erfreut. Ich weiß natürlich, wer Sie sind. Victor Blackwell. Haben Sie Fragen, die ich beantworten kann?“, schnurrte er und drückte fest und warm Victors Hand. Er war etwa Ende zwanzig, seine Augen waren von einem hellen Braun. Ein dünner Bart verlief entlang seiner Oberlippe. Victor schüttelte stumpf die Hand des Mannes. „Ebenfalls erfreut. Tatsächlich habe ich einige Fragen. Ich wüsste gern, welche Beobachtungen Sie während der letzten zwei Wochen machen konnten?“

„Meinen Sie den Irrsinn, der hier, seitdem wir abgelegt haben, täglich passiert?“

„Das hört sich ganz danach an. Sie kennen die Passagiere vermutlich besser als Ihre Kollegen. Möchten Sie ein wenig ins Detail gehen?“

„Wo soll ich bloß beginnen?“, sagte Pierre und zog einen Stuhl vom Tisch ab, um sich darauf fallen zu lassen. Victor war kein Fan von Theatralik. Er seufzte innerlich und setzte sich ebenfalls. Aber Sitzen tat ihm gut.

„Also, vor zehn Tagen fing es an. Dr. Cromwell saß nachts noch vor den Fenstern im Salon, wenn alle schliefen.“

„Was war daran so ungewöhnlich?“

„Wir waren unterhalb der Zwielichtzone. Es war sowieso die ganze Zeit dunkel im Meer, verstehen Sie? Und morgens zum Frühstück kam er dann immer zu spät.“

„Hatte der Mann Schlafprobleme?“

„Das kann sein. Ich hatte eher den Eindruck, er wäre in seine Arbeit vertieft. Hat viel gelesen und sich Notizen gemacht. Und stundenlang aus dem Fenster gestarrt."

„Haben Sie eine Idee, was ihn da so brennend interessiert hat?"

„Oh, ich interessiere mich nicht für Tiefseegewürm. Mein Metier sind Menschen", sagte der Concierge verschwörerisch und zog vielsagend eine Augenbraue in die Höhe.

„Okay, erzählen Sie mir von den anderen Forschern", forderte Victor ihn auf und zog ein Notizbuch aus der Innenseite seines Mantels, das Isabella sehr an eines aus dem Zimmer des Verschwundenen erinnerte. Sie wollte schon etwas sagen, als Victor sie mit einem Seitenblick verstummen ließ.

„Das ganze Unterfangen wird geleitet von Professor Simon Stone, dreiundvierzig Jahre, eine ruhige, eher unscheinbare Person. Er lehrt an der Universität von Massachusetts, von dort stammen auch die anderen aus dem Forschungsteam. Sein Hauptgebiet sind Lebensformen in der Tiefsee. Da unten kraucht in völliger Dunkelheit mehr herum, als wir uns vorstellen können, sagt er. Das meiste davon ist aber so winzig, dass es keinen vernünftigen Menschen interessiert. Nur das Forschungsteam, die reagieren völlig über, wenn es eine neue Tasse voll Dreck gibt", sagte Pierre begleitet von einem Augenrollen. Isabella fand, er lief sich gerade erst warm. Er holte noch Luft zwischen den Sätzen.

„Aha", entgegnete Victor tonlos, was den Concierge nicht sonderlich aus dem Takt brachte. Der fuhr unbeirrt fort. „Die Zweite im Bunde ist Dr. Evelin Goldman, Mitte fünfzig, recht abenteuerlich für ihr Alter, die gute Dame. Sie ist Ozeanographin, was auch immer das genau bedeutet. Sie hat mir mal einen lebhaften Vortrag über sich reibende Kontinentalplatten gehalten. Das klingt jetzt spannender, als es in Wahrheit ist. Und dann gibt es noch Dr. Nathaniel Smith, Anfang dreißig, gutaussehend und Tiefseegeologe. Der ist nur dabei, weil er sich was von den Blacksmokern erhofft.“

„Was sind Blacksmoker?“, unterbrach Victor den Redefluss.

„Sorry, das weiß ich auch nicht so genau“, sagte Pierre schulterzuckend.

„Das sind heiße Quellen, die ein Stoffgemisch ausstoßen, das sich entweder weiß oder schwarz zeigt, wenn es auf das kalte Wasser der Umgebung trifft. Sieht ein bisschen aus wie ein Vulkan der viel Rauch und Qualm produziert, nur unter Wasser. Haben Sie schon mal einen Vulkan gesehen?“, kam Isabella zu Hilfe.

„Nein, aber einen Fabrikschornstein“, sagte Victor unbeeindruckt.

„Ähm, ja, das sieht tatsächlich ähnlich aus“, sagte Isabella kleinlaut und stützte sich wieder still auf die Armlehne des Stuhls vor sich. Victor ignorierte sie und machte sich ein paar Notizen, bevor er mit der Befragung fortfuhr. „Und dieser Smith, wie verhält er sich zu den anderen?“

„Er ist eher ein Nörgler, hat immer etwas zu kritisieren. Die Suppe ist kalt, sein Bett nicht gemacht, das Meer ist zu dunkel. Wenn sie mich fragen, ist der nur mitgekommen, weil das Forschungsteam selbst für nichts zahlen musste."

„Wer kommt für die Kosten auf?"

„Das ist die Universität in Massachusetts, diese vier sind die Elite der Meeresbiologen." Pierre bemühte sich nicht, seinen Hohn zu verstecken.

„Und sie warten nur darauf, dass ein Fisch vorbeischwimmt, den noch niemand kennt?", zitierte Victor Isabellas Worte und sie wand sich innerlich. Er war ein unangenehmer Mensch.

„Ja, so sieht es aus. Natürlich vertreiben sie sich die Wartezeit mit ihren Forschersachen. Irgendwelche unappetitlichen Proben aus dem Meer und Steine. Alles Mögliche. Dann geht es wieder für Stunden ins Labor."

„Wie würden Sie Dr. Cromwell charakterisieren?" Isabella hatte das Gefühl, dass Mr Blackwell zum Ende seiner Befragungen kam.

„Zu Beginn der Reise schien er mir ganz normal. Und dann wurde er immer seltsamer, sein Schlafverhalten und er wurde stiller im Umgang. Ich schätze, etwas hat ihn belastet. Er hat sich immer mehr von der Gruppe seiner Kolleginnen und Kollegen isoliert. Wenn Sie mich fragen, haben die ihm seinen Erfolg nicht gegönnt!"

„Seinen Erfolg?"

„Ja, er war dabei, seine zweite Doktorarbeit zu schreiben und sollte dann die Stelle von Professor Stone bekommen. Der fand das bestimmt nicht gut. Wenn Sie meine Einschätzung hören wollen …"

„Nein, danke“, fuhr Victor dem Concierge über den Mund und der sah verdutzt drein. „Vielen Dank für Ihre Ausführungen. Ab hier übernehme ich.“

„Bitte. Wenn Sie noch weitere Fragen haben, lassen Sie es mich wissen. Ms Brasswright weiß, wo Sie mich finden können.“

Ohne ein weiteres Wort erhob sich Victor, nahm das Notizbuch vom Tisch und steckte es in seine Weste. Er sah sich im Speiseraum um und ging zielsicher auf die Tür zu, hinter der er die Küche vermutete. Isabella folgte ihm. Jebbediah Jones, auch 9-Finger-Jeb genannt, kam gerade aus der Kühlkammer zurück und blieb abrupt stehen, als er den fremden Mann in seiner Küche entdeckte.

„Was woll‘n Sie?“, fragte er in seinem unverwechselbaren Dialekt, der von kalter Seeluft und langen Nächten zeugte. Jeb kam aus Brickle im Nordwesten Englands. Er war mindestens sechzig Jahre alt, auf dem rechten Auge blind und das war auch die Hand, an der ihm der kleine Finger fehlte und die Hand, an der er jetzt einen dicken Verband trug. Isabella schob sich an Blackwell vorbei und stürzte auf den alten Mann zu. „Jeb, was ist mit deiner Hand passiert?“

„Ich hab‘ ins Fischmesser gelangt, und zwar ordentlich. Dann hat mir der Doc ein‘ Verband verpasst, als wär‘ ich ‘ne Mumie. Dabei möcht‘ ich behaupten, dass ich noch ein paar gute Jahre hab, bevor das soweit is‘. Phahaha!“, lachte der Alte und deutete im nächsten Augenblick auf den Detektiv. „Und was macht der in meiner Küche?“

„Oh, das ist Detektiv Victor Blackwell. Der Kapitän hatte doch die Polizei zu Rate gezogen, weil einer der Forscher verschwunden ist …"

„Ich war dabei, als der Käpt'n ihn vorgestellt hat. Hab gefragt, was der in der Küche verloren hat?", gab Jeb zurück. Sein Argwohn galt allein dem fremden Mann.

„Ich bin hier, um Ihnen ein paar Fragen zu stellen", gab Victor professionell zurück und Isabella verstand langsam, dass das die alte Polizistenattitüde war, derer er sich bediente.

„Ich hab' keine Zeit für Kaffeekränzchen! Kommen'se wann anders wieder!", ranzte der Alte.

„Jeb, es dauert nicht länger als fünf Minuten", versuchte Isabella ihn zu beschwichtigen.

„Nee, Izzy. Ich muss noch das Frühstück vorbereiten, und mit der Hand dauert das alles doppelt so lange. Er soll wann anders wiederkommen."

Victor berührte die Mechanikerin am Arm. „Es ist schon gut. Ich werde morgen wiederkommen, lassen Sie den Mann in Ruhe arbeiten." Und an Jebbediah gewandt, fügte er hinzu: „Nachdem, was ich über Ihre Kochkünste gehört habe, kann ich das Frühstück kaum erwarten! Guten Abend, Sir!"

Die Antwort war undeutlich, aber freundlicher als alles, was der Mann zuvor gesagt hatte. Und so verließen die beiden die Schiffsküche wieder.

„Das tut mir leid, Mr Blackwell." Isabella wrang die Hände. Es war ihr eindeutig unangenehm, dass der Koch so schroff war.

„Machen Sie sich keine Gedanken, mein Onkel war genauso. Und im Grunde seines Herzens ein guter Mensch. Ich versuche es morgen noch mal. Zeigen Sie mir jetzt lieber ein paar Highlights dieses Schiffes. Ich kann mir vorstellen, dass die restlichen Personen an Bord jetzt auch ihre Ruhe wünschen, und ich möchte mir ihre Mitarbeit nicht durch die späte Störung verscherzen." Das klang vernünftig. Es musste schon auf 22 Uhr zugehen. Victor spürte, wie die Wirkung des Medikamentes langsam abnahm. Es blieben ihm laut der Ärztin noch zwei Stunden, und er dachte nicht daran, vorher in sein Zimmer zurückzukehren.

„Kommen Sie, ich zeige Ihnen das Herzstück des Schiffes", flüsterte Isabella und zog Victor am Ärmel weiter. Sie führte ihn in die untere Etage, vorbei an unzähligen Verkabelungen und Rohren, durch zwei weitere wasserdichte Türen. Bis sie sich einem bulligen Mann mit langem blondem Zopf und Bart gegenüber sahen. Er sah aus wie ein Wikinger.

„Hej, Wrench, zeigst du dem Neuen die Schatzkammer?", brummte er und stieß sich von der Wand ab, an der er lehnte.

Isabella zeigte ein Lächeln. Aber es war nur eine Maske. Victor merkte, dass etwas nicht stimmte. „War bisher alles in Ordnung?" Die Mechanikerin nahm zwei Atemschutzmasken mit großen Filtern von den Haken neben der Tür und reichte ihm eine. Sie zog ihre eigene über und fixierte sie mit den Zugbändern am Hinterkopf. Victor tat es ihr gleich. Sofort stellte er fest, wie schwierig es war, gegen den Widerstand zu atmen. Was erwartete ihn bloß hinter dieser Tür?

„Alles unauffällig. Ich war vor fünfzehn Minuten drin, da war er noch bei null Komma zwei. Hab‘ aber noch Kohlen nachgelegt.“

„Danke, Lars. Lässt du uns rein?“ Er nickte und öffnete mit einem Quietschen die Luke. Noch bevor Victor durch die ovale Tür in den Raum glitt, fiel ihm die Veränderung der Lichtverhältnisse auf. Das indirekte schummerige Licht der engen Gänge wurde abgelöst von einem klaren kalten Strahlen. Als Isabella zur Seite trat, gab sie den Blick frei auf die Quelle. Im Zentrum des riesigen Raumes befand sich ein Glaszylinder, so groß wie ein Weinfass, gehalten von zwei glänzenden, goldenen Fassungen, die in Decke und Boden wurzelten. In dem Zylinder schwebte einer der größten Kristalle, die Victor jemals gesehen hatte, und strahlte so grell, dass ihm die Augen schmerzte.

„Was in drei Teufels Namen ist das?“, hauchte Victor ehrfürchtig und trat näher. Es war ein Wunder, dass Isabella ihn durch die Maske überhaupt verstand.

„Das ist der Ätherkristall. Er versorgt das komplette Schiff mit Energie“, drang es dumpf aus ihrer Atemschutzmaske.

„Woraus besteht er?“

„Die chemische Verbindung ist zwar bekannt, aber er birgt zudem ein Geheimnis.“

„Welches?“ Victor war wie hypnotisiert und trat noch näher. Isabella legte ihm fest die Hand auf den Arm und bedeutete ihm, nicht näher zu treten.

„Er strahlt so viel Energie ab, dass er uns alle töten könnte."

Victor riss sich endlich von dem Anblick los und sah für einen Moment nichts mehr außer dem blinden Punkt, den das Strahlen des Kristalls auf seiner Netzhaut hinterlassen hatte. „Wie kann das sein?"

„Das kann niemand so genau erklären. Deshalb wird er Ätherkristall genannt. Vor etwa zehn Jahren wurden die ersten Splitterstücke durch Zufall bei Bohrungen in der Arktis gefunden. Seitdem gilt die höchste Geheimhaltungsstufe. Sicher ist nur, dass die Energie der Kristalle seit ihrer Entdeckung nicht abgenommen hat. Vor etwa zwei Jahren wurde dieser Mutterkristall geborgen und dieses U-Boot als Prototyp gebaut, um ihn zu nutzen. Sollte unsere Erprobungsphase von weiteren zwei Jahren erfolgreich sein, will das Militär ihn und andere Mutterkristalle zur Kriegsführung nutzen", sagte Isabella, und ein Muskel an ihrem Hals trat hervor.

Der blinde Fleck vor Victors Augen war mittlerweile genug geschrumpft, dass er sich wieder im Raum umschauen konnte. Der Raum war genauso rund wie der Glaszylinder und maß im Durchmesser etwa fünf Meter. Dicke Leitungen führten vom Kristall zu den Wänden und verschwanden in riesigen Maschinen mit Hunderten von Barometern, Schalttafeln und Anzeigen. Viele Lampen leuchteten und blinkten in einem entspannten Rhythmus. Und etliche Kabelstränge und Rohre verließen den Raum durch die Wände, die Decke und den Boden. Victor erkannte sie wieder aus den Innereien der Nautilus Noir. Sie durchzogen das gesamte Schiff wie Adern ein Lebewesen. Alles war auf Funktion geschnitten, hier drinnen gab es keinen Platz für Verzierungen. Unzählige kleine Lampen leuchteten auf Armaturen um die Wette, kleine und große Zahnräder umschwirrten einander, ohne dass Victor erkennen konnte, was sie antrieben. Die Maschinen mussten tief in die Wände hineinreichen und dort versteckt ihre Arbeit verrichten. An der Wand gegenüber entdeckte Victor einen kleinen Kohlenofen und einen Dampfkessel. Er trat näher heran und linste durch das kleine Fenster auf glühende Kohlen. „Was ist das?“

„Das ist der Antrieb für die Vakuumpumpe.“

„Warum der Dampfkessel?“

„Weil der Vakuumkreislauf unabhängig von der übrigen Technik laufen muss. Falls der Kristall energetische Unregelmäßigkeiten hervorruft, ist das unsere Lebensversicherung.“

„Läuft die Vakuumpumpe immer über den Dampfkessel?“

„Nein. Normalerweise wird die Pumpe ebenfalls vom Kristall betrieben.“

„Warum läuft sie dann jetzt?“

„Weil es Unregelmäßigkeiten gibt, beziehungsweise gab.“

„Wie bitte?“ Victor spürte ein ungutes Gefühl in sich aufwallen.

Isabella hob beschwichtigend die Hände und sprach beruhigend auf ihn ein. „Keine Sorge, es ist alles unter Kontrolle. Es handelt sich lediglich um ein Experiment, weil es in der Vergangenheit Druckabfälle gab, für die ich keine technische Ursache finden konnte. Seit zwei Tagen läuft jetzt der Dampfkessel im Hauptbetrieb."

„Verstehe." Victor ging hinüber und betrachtete die Anzeigen um den Dampfkessel herum. Alle Nadeln befanden sich in grünen Bereichen. Er bemühte sich, durchzuatmen. Angrenzend nahm er das gleichmäßige Schnaufen und Stampfen einiger Kolben wahr. Es handelte sich um eine zweizylindrige Dampfmaschine, anscheinend kein gängiges Modell, sondern eine Spezialanfertigung. „Wofür sind die anderen Maschinen? Ich meine, wo ist der Antrieb?"

„Wir haben hier etwas einzigartiges geschaffen. Die Nautilus Noir wird über eine Art Elektromotor betrieben."

„Ein Elektromotor? Wie soll das funktionieren?"

„Vereinfacht gesagt, wird die Energie des Kristalls durch die Ätherumwandler in elektrische Energie transformiert und damit elektromagnetische Motoren angetrieben, die wiederum unterschiedliche Maschinen an Bord versorgen, wie die Schiffsschrauben, die Klimaanlagen und die Beleuchtung." Victor hatte keine Ahnung, wovon die Mechanikerin sprach, und sie schob hinterher: „Vieles davon ist über mehrere Etagen im gesamten Schiff verteilt. Aber schauen Sie hier, diese Einheit zeigt uns die Belüftungssituation. Alle zwanzig Meter gibt es Luftfilteranlagen und Klima-Aggregate, um die Temperatur an Bord kontrollieren zu können. Sehen Sie hier auf der Schalttafel die blauen Lämpchen? Wenn sie so leuchten wie jetzt, ist alles in Ordnung. Wenn sie blinken, gibt es ein Problem, und wenn sie rot leuchten, tun sie nichts mehr. So ist es mit den meisten

Lampen. Dort drüben wird die Stromversorgung der einzelnen Abteile geschaltet, man könnte es als eine Art Sicherungskasten bezeichnen. Es gibt aber noch separate Schalttafeln auf den Etagen. Alles läuft halbautomatisch, das ermöglicht uns einen gewissen Luxus an Bord und ist recht wartungsarm."

„Deshalb auch die kleine Besatzung", stellte Victor fest.

„Deshalb auch die kleine Besatzung", wiederholte Isabella und lächelte unbemerkt in ihre Atemschutzmaske.

Der Detektiv lag immer noch wach. Die Wirkung des Beruhigungsmittels war verflogen und der wohlige Zustand der letzten Stunden war endgültig vorbei. Das Schiff war eng und stickig, das Bett zu klein und das Fenster ohne Gardinen, das die absolute Schwärze hineinließ, machte es nicht besser. Victor schaltete die Lampe über seinem Bett an und warf einen Blick auf seine Taschenuhr. Es war gleich drei und er hatte noch kein Auge zugemacht. Kurzerhand entschied er sich, den Morgenmantel überzuwerfen und das Zimmer zu verlassen. Er ging den schmalen Gang entlang und hörte leises Schnarchen hinter der einen oder anderen Tür, bis er den Aufenthaltsraum mit der kleinen Bar fand. Victor überprüfte das Angebot, eine Flasche Whiskey sprach ihn besonders an. Ein kleiner Schlummertrunk würde ihm sicher helfen. Die Erinnerung an Mrs Sanders' Mahnungen, nicht mehr zu trinken, stach kurz in sein Gewissen, doch nicht stark genug, um ihn von seinem Vorhaben abzubringen.

Gerade, als er nach der Flasche griff, nahm er eine Bewegung im Augenwinkel wahr. Sein Kopf fuhr herum, zu dem großen Fenster, vor dem die Sessel standen. Alles war schwarz. Die Dunkelheit jenseits des Fensters gähnte in der Schiffswand, wie eine klaffende Wunde. Victor trat näher heran. Dort draußen konnte er gar nichts erkennen, lediglich seine eigene Reflexion und die des Innenraumes in der Scheibe. Eine Anzeige neben dem Fenster zeigte eine Tiefe von 980 Metern. So tief unter der Meeresoberfläche in einem Metallkäfig gefangen zu sein, wo das Wasser ihn und alles hier drin in Sekunden zerquetschen würde, wenn es nur einen Weg hineinfände. Der bloße Gedanke ließ ihm den Schweiß ausbrechen. Diese Schwärze da draußen war beunruhigend, er fühlte sich beobachtet. Obwohl alles, was das Forschungsteam bisher entdeckt hatte, angeblich nicht größer war als ein Schneckenhaus. Ein Schalter neben der Anzeige war für die Außenbeleuchtung zuständig. Victor betätigte ihn, um die Dunkelheit ein wenig zurückzudrängen.

Ein Schrei entwich seiner Lunge. Sein Herz zog sich krampfartig zusammen. Voller Horror glotzte ein riesiges Auge hinein. Es sah ihn an. Panisch wich er zurück und fiel blindlings über die Polstermöbel. Er landete unsanft auf seinem Knie, nahm den Schmerz aber nicht wahr. Sein eigener Puls trommelte in seinen Gehörgängen. Alles, was er sah, war der riesige Augapfel, so groß wie Victor selbst. Die Pupille längs geschlitzt und umgeben von einer weichen pulsierenden Masse, die im kalten Licht der Außenlampen grau und tot wirkte. Dieses Wesen war nicht von dieser

Welt! Victor ging hinter dem Sessel in Deckung, die zittrige Hand auf das pochende Herz gepresst. Das Licht im Raum flackerte, als wollte es einer Ohnmacht erliegen. Der Anblick des Auges brannte in seinem Kopf. Er kämpfte gegen die Attacke an, die drohte, ihn zu überwältigen. Es kam nicht genügend Luft in seine Lunge. Er wollte fliehen, war aber unfähig sich zu bewegen. Die Besinnungslosigkeit kroch an den Rändern seines Blickfeldes hinauf.

„Mr Blackwell, du meine Güte! Was tun Sie hier?“ Eine Frauenstimme drang wie durch Nebel an sein Ohr. Eine Hand fasste ihn am Handgelenk, vorsichtig und tastend. Dr. Ashwood ging neben ihm in die Knie. Victor wusste nicht, wie lange er schon auf dem Boden saß, er zitterte und war verschwitzt. Er blinzelte gegen den brennenden Schweiß in seinen Augen an und versuchte, die Realität wieder zu erfassen.

„Atmen Sie tief aus, Mr Blackwell. Sie hyperventilieren“, sagte die Ärztin und ließ sein Handgelenk wieder los. Aber Victor war nicht mehr Herr seiner Sinne. Seine Brust hob und senkte sich hektisch.

„Ich kann nicht …“, presste Victor hervor und wurde sofort wieder zurückgeworfen. Einen bebenden Finger in Richtung der Monstrosität erhoben, wagte er nicht, sich zum Fenster zu drehen. Der Anblick hatte sich in seine Netzhaut gebrannt. Am liebsten hätte er sich die Augäpfel ausgekratzt, um den Wahnsinn loszuwerden.

„Das Auge!“, flüsterte er atemlos.

„Nicht schon wieder.“ Die Ärztin seufzte. Der Morgenmantel wurde ihm von der Schulter gezogen. Einen

Moment später stach eine Nadel in seinen Oberarm. Er sackte kraftlos gegen den Sessel, und die Schwärze, die ihm zuvor solch ein Unbehagen bereitet hatte, umhüllte ihn jetzt auf eine seltsam tröstliche Weise.

4. Kapitel

„Mr Blackwell?“, tönte die Stimme von Mrs Sanders durch die Tür, gefolgt von einem nervigen, langanhaltenden Klopfen. Das durfte nicht wahr sein! Victor zog sich das Kissen auf den Kopf und wollte für immer weiterschlafen. Sollte die alte Schachtel doch jemand anderes stören. Er war viel zu gerädert, um sich auch nur einen Millimeter zu bewegen. Sein Schädel brummte. Wie viel Whiskey hatte er denn letzte Nacht gekippt?

„Mr Blackwell, Sie verpassen das Frühstück!“

„Frühstück?“, grunzte Victor. Seit wann machte Mrs Sanders ihm Frühstück?

Mrs Sanders war mit ihm auf dem Markt gewesen, und danach war er … Oh, verdammt! Victor zog das Kissen vom Kopf und öffnete ein Auge. Über ihm hielt ein Krakenarm aus Messing eine vergitterte Glühbirne fest. Die Kette des Ein- und Ausschalters pendelte sacht hin und her. Er befand sich tatsächlich an Bord der Nautilus Noir.

„Mr Blackwell, antworten Sie bitte!“, forderte ihn die Stimme vor der Tür auf. Sie hörte sich deutlich jünger an als die von Mrs Sanders.

„Ich bin wach“, antwortete er schlaftrunken und richtete sich auf. Er hatte schreckliche Kopfschmerzen, und die Müdigkeit machte ihn träger als jeder Rausch.

„Das Frühstück wird in fünfzehn Minuten abgeräumt. Sie sollten sich beeilen!“

„Geben Sie mir fünf Minuten!“

„Bis gleich!“, ertönte es, dann entfernten sich Schritte.

Victor sah sich um. Sein Mantel hing an einem Haken an der Kabinentür, seine Stiefel standen vor dem Bett. Er trug einen Pyjama, den er nicht als seinen eigenen identifizierte. Seine Kleidung lag zusammengelegt in einem kleinen Regal neben dem Kopfteil des Bettes. Langsam kamen seine Erinnerungen wieder, er war gestern an Bord dieses wahnwitzigen U-Bootes gegangen. Miller, dieser Mistkerl, hatte ihn dazu überredet. Der Kapitän hatte ihn vorgestellt, und da war diese Frau gewesen, die Mechanikerin. Vermutlich hatte sie ihn auch geweckt. Der Schlafnebel in seinem Kopf lichtete sich langsam. Und sie hatte ihm den Ätherkristall gezeigt. Er griff neben sich, und in der Ritze zwischen Matratze und Wand fand er das Notizbuch. Er blätterte und überflog seine Aufzeichnungen. Manche Erinnerungen waren etwas verwaschen, aber durch die Notizen kamen sie rasch wieder. Victor quälte sich hoch und zog seine Kleidung an. Er verfluchte sich, dass er so naiv gewesen war und keinerlei Gepäck mit an Bord gebracht hatte. Nicht mal eine Zahnbürste. Zum Glück hatte der Concierge ihm mit ein paar Gästeartikeln aushelfen können. Sein Schädel dröhnte und er war so müde. Bevor er den Raum verließ, sah er zurück zu dem kleinen runden Fenster und Unbehagen kroch ihm die Wirbelsäule hinauf. Schnell schlüpfte er auf den Gang und schloss hinter sich ab. In dem kleinen Gemeinschaftswaschraum erledigte er das Notwendige und versuchte, sich mit Seife und kaltem Wasser salonfähig zu machen. Sein Bartschatten ergab zusammen mit seinen Augenringen ein elendes Ganzes. Mit geübter Resignation ging er zum Speiseraum. Die Mechanikerin winkte ihn zu sich an den Tisch, und er folgte ihrer Aufforderung.

„Guten Morgen“, grunzte Victor und ließ sich neben ihr nieder, die Wand im Rücken. Er ließ den Blick schweifen. Außer Isabella und ihm waren noch fünf weitere Personen im Raum. Drei von der Besatzung und zwei vom Forschungsteam, wie er anhand der Kleidung schlussfolgerte. Er konnte sich nicht erinnern, sie gestern kennengelernt zu haben.

„Haben Sie gut geschlafen?“, fragte Isabella mit purem Zweifel in Stimme und Gesicht.

„Tief und fest.“ Victor konnte sich nicht mal mehr erinnern, wann er ins Bett gegangen war oder ob er überhaupt geträumt hatte. „Wer sind diese Menschen?“

„Oh, der mit der Mütze ist Edward Walker. Er ist unser Navigator beziehungsweise Steuermann. Er hält nachts den Kurs und hat gerade Feierabend gemacht. Er geht nach dem Frühstück meistens schlafen und steht erst gegen späten Nachmittag wieder auf.“ Edward Walker war jenseits der Vierziger, hatte mandelförmige Augen und war klein und schlank. Ein Zopf aus dunklem glattem Haar reichte bis auf seine Schultern.

Pierre Dupont, der Concierge, schlängelte sich mit einem reichlich beladenen Metallteller seinen Weg zu Victors Tisch und stellte ein deftiges englisches Frühstück nicht ohne ein freundliches Augenzwinkern vor ihm ab. Der Anblick der herzhaften Speisen ließ ihm das Wasser im Munde zusammenlaufen. „Guten Morgen, Mr Blackwell. Mit den besten Grüßen aus der Kombüse … Ihr Frühstück! Möchten Sie Kaffee oder Tee dazu?"

„Kaffee, schwarz", erwiderte der Detektiv und wandte sich wieder Isabella zu. „Fahren Sie fort."

„Neben Edward Walker sitzt Carl Reed, er ist Matrose. Und neben ihm seine Schwester Gerry Reed, eigentlich Geraldine, sie ist ebenfalls Deckhelferin." Victor musterte die drei. Besonders Geraldine kam ihm vor, als könnte sie anpacken, ihr breites Kreuz und die kurzen roten Haare ließen sie eher maskulin erscheinen und die Ähnlichkeit zu ihrem Bruder war unleugbar. Beide waren höchstens Mitte zwanzig, vielleicht Zwillinge.

Victor schob sich eine Gabel voll heißer Bohnen in den Mund und kaute genüsslich, es gab sogar Toast. Er beobachtete weiter. Der Navigator wirkte müde, er hatte den Kopf auf die Hand gestützt und schien nur abzuwarten, dass er ins Bett verschwinden konnte. Die Geschwister Reed saßen vor leer gegessenen Tellern und tranken noch aus ihren Tassen. Sie unterhielten sich ruhig mit dem müden Walker, der aber deutlich weniger Redeanteil hatte. Victor hegte beinahe Empathie für den Mann. Dann kam zum Glück der Kaffee, schwarz und stark, und zupfte an Victors Lebensgeistern. Dupont blieb in Hörweite und räumte in Zeitlupe einen Tisch ab.

Auf der anderen Seite des Raumes saßen zwei Personen mit dem Rücken zu ihnen. Zwei Männer in weißen Kitteln, der linke mit einer kahlen Stelle am Hinterkopf. Victor zeigte mit einer halben Bratwurst in die Richtung. Isabella verstand die wortlose Aufforderung, aber Pierre war schneller. „Rechts Dr. Nathaniel Smith, der sich für die Blacksmoker interessiert, und links Prof. Simon Stone, Lehrauftrag an der Universität Massachusetts und Leiter der Expedition."

„Danke, Mr Dupont", erwiderte Victor einen Hauch genervt.

„Immer wieder gern!", flötete der Concierge und verschwand lächelnd.

Nach dem Frühstück und einer zweiten Tasse Kaffee hatte Victor das Gefühl, wieder einigermaßen lebendig zu sein.

Angesichts der ganzen Menschen und Namen kam Victor langsam an seine Grenzen. Zurück auf seinem Zimmer, führte er die Namensliste stichpunktartig fort und ergänzte sie um die fünf Neuen. Er hatte noch keine Hinweise oder besondere Vorkommnisse, die in irgendeine Richtung wiesen. Und keine Ahnung, was der ganze Unsinn eigentlich sollte. Ein verschwundenes Logbuch, das kurze Zeit später wieder auftauchte, und eine schlecht entwickelte Technik, die jederzeit in die Luft gehen konnte, waren zwar wenig erfreulich, aber kein Grund, ihn hierher zu bestellen. Isabella bestellte gerade die Passagiere paarweise zum Speiseraum, damit er die Befragungen hoffentlich bald abschließen und mit den eigentlichen Ermittlungen beginnen konnte. Er hielt es immer noch für die wahrscheinlichste Erklärung, dass Dr. Cromwell bei einem Landgang auf einer kleinen Insel vergessen wurde oder eben das Weite gesucht hatte. Vermutlich würden die anderen aus dem Forschungsteam mehr Licht ins Dunkel bringen können, aber sie wollte er absichtlich erst zum Schluss befragen. Sein

Blick fiel auf das schwarze Bullauge. Beklommenheit machte sich in ihm breit, weshalb er früher als geplant den Raum wieder verließ und zum Speisezimmer zurückkehrte. Vielleicht würde er einfach eine der Servietten klauen und versuchen, sie vor seinem Fenster zu befestigen, wie eine Gardine. Als er durch eine der erhöhten wasserdichten Türen stieg, fiel ihm auf, dass sein Knie schmerzte, und er hatte keine Ahnung, warum.

„Guten Tag, mein Name ist Victor Blackwell. Ich bin beauftragt worden, das Verschwinden von Dr. Alistair Cromwell aufzuklären. Haben Sie diesbezüglich Informationen für mich?“, fragte der Detektiv mittlerweile zum dritten und hoffentlich letzten Mal an diesem Donnerstagvormittag. Er hatte bereits zwei der drei Ehepaare befragt, die als normale Passagiere eingecheckt hatten. Beatrice und Edith Cooper, beide über fünfzig Jahre alt, ursprünglich aus London, feierten ihre Silberhochzeit mit einer amüsanten Unterwasser-Reise, die mit einem gelegentlichen Drink an der Bar und unzähligen Gedichtbänden auf dem Zimmer wenig von den Geschehnissen an Bord mitbekamen. Die Mahlzeiten nahmen Passagiere, Besatzung und Forschungsteam zwar gemeinsam im Speiseraum ein, aber der Kontakt zwischen den Gruppen war eher oberflächlich, und außer ein paar Höflichkeiten fanden keine tiefergehenden Gespräche statt. Bei dem zweiten Ehepaar, Agnes und Francis Edwards, das sich schon dem Rentenalter näherte, handelte es sich um Stammgäste des Schiffes. Voller Stolz teilten sie mit, dass es bereits ihre dritte Reise mit der Nautilus Noir war und sie sehr zufrieden mit dem Service an Bord waren. Aber die beiden waren keine einfache Klientel, das wurde nach dem zweiten Satz deutlich. Sie fühlten sich regelrecht gestört von dem neuen Forschungsteam, das ihnen näher saß als den übrigen Gästen. Sie diskutierten angeblich zu laut über ihre Entdeckungen und Theorien, die sich von außen betrachtet nur um schnöden Kram wie Planktonkonzentration und Sedimente in Meereswasser drehten. Nichts von gefährlichen Tiefseetieren oder bahnbrechenden Neuigkeiten. Zum Verschwinden des Doktors konnten auch sie nichts Erhellendes beisteuern. Jetzt, wo der Detektiv so fragte, ja, da war er ihnen natürlich seltsam vorgekommen. Und er hatte ein ums andere Mal beim Essen gefehlt, dafür war er aber spät abends im Salon aufgetaucht. Wortkarg und in seine Aufzeichnungen vertieft. Ein bisschen zu ruhig vielleicht, und besonders schick war er auch nicht. Aber sonst hatten sie nichts Besorgniserregendes zu berichten, was mit seinem Verschwinden in Verbindung stand.

Victor hatte erst mit sich gerungen, die Passagiere überhaupt zu befragen. Er hielt es aber durchaus für sinnvoll, sie alle nach ungewöhnlichen Beobachtungen zu fragen, und siehe da: Sie alle hatten diesbezüglich etwas zu berichten!

Während Mrs Edwards sich an nächtliche Geräusche erinnerte, die nicht zu den üblichen Geräuschen in der Nacht passten, Gepolter, dumpfe Schläge in der Ferne und Schritte auf dem Gang zu unmöglichen Zeiten, hatte ihr Mann jedoch nichts mitbekommen. Edith Cooper vermisste ein Silberamulett. Sie war eine stattliche Frau, die gern opulent herausgeputzt das Zimmer verließ. Sie trug jeden Tag einiges an Schmuck und Accessoires und war der festen Annahme, dass sie es zuhause hatte liegen lassen. Aber als sie während der Befragung im Beisein ihrer Frau Zweifel daran äußerte, konnte diese ihr bestätigen, dass sie das Schmuckstück mit an Bord der Nautilus Noir gebracht hatte. So konnten sie gemeinsam das Amulett als vermisst melden. Keine große Angelegenheit, aber Victor war fast dankbar für ein paar ungewöhnliche Geräusche und einen Diebstahl. Er ließ sich das Amulett beschreiben, ein gut zehn Zentimeter großes Gebilde aus Zahnrädern mit einer Art Sonnenuhr im Zentrum.

Jetzt stand er wenig erwartungsvoll dem dritten Ehepaar gegenüber, Matilda und Kamal Singh, die in ihren Dreißigern sein mussten. Kamal Singh war indischer Abstammung, schlank und groß, edel gekleidet mit einem majestätischen Turban, eng um seinen Kopf gewickelt. Sein schwarzer Vollbart war sehr gepflegt und er sprach mit Akzent. Seine Frau war ebenfalls teuer gekleidet, in der neusten englischen Mode, einen feinen Spitzenschleier über dem aufgesteckten Haar. Sie kam aus London, was Victor an ihrem Dialekt erkannte. Sie saß schnurgerade neben ihrem Mann im Speisezimmer, gestützt von einem bestickten Korsett aus dem weiße Spitzenärmel ragten. Mit Sicherheit hatte sie noch nie in ihrem Leben einen Tag lang körperlich arbeiten müssen. Dennoch sah sie erschöpft aus.

„Welche Informationen benötigen Sie, Mr Blackwell?“, fragte die zierliche Frau und strich bedächtig über ihren leicht ausgestellten Rock.

„Nun ja, ist Ihnen etwas aufgefallen, in seinem Verhalten oder dem der anderen Personen an Bord, was Sie mit dem Verschwinden des Wissenschaftlers in Verbindung bringen können?“, versuchte Victor, nicht allzu gelangweilt zu klingen, und hatte sein Notizbuch noch nicht einmal aufgeklappt. Die Frau überlegte.

„Ich …“, begann sie zögerlich mit einem Seitenblick auf ihren Mann, doch der nickte bekräftigend, dass sie fortfahren sollte. „Mir ist aufgefallen, dass er einmal beim Dinner fehlte.“

„Beim Frühstück, meinen Sie?“

„Nein, beim Abendessen. Ich hatte angenommen, dass er unter einer Unverträglichkeit litt, weil ich ihn anschließend in die Küche huschen sah.“

„Er *huschte* in die Küche?“, wiederholte Victor, irritiert über die Wortwahl, und öffnete nun doch sein Notizbuch.

„Ja, er huschte. Ich hatte den Eindruck, dass er die Küche heimlich aufsuchte. Er hielt kurz an und lauschte, bevor er eintrat. Und er klopfte auch nicht.“

„Zu welcher Uhrzeit?“

„Das kann ich Ihnen nicht genau sagen. Nach einundzwanzig Uhr. Aber ich nahm an, dass der Koch nicht in der Kombüse war, weil es ganz still blieb.“

„Und wie konnten Sie den Mann unentdeckt beobachten?“ Mrs Singh errötete leicht.

„Ich hatte einen Ohrring verloren und war sicher, dass ich ihn beim Dinner noch hatte. Deshalb ging ich zurück in den Speiseraum und suchte danach. Ich saß gerade unter dem Tisch, als Dr. Cromwell hereinkam. Die Situation war mir etwas unangenehm, weshalb ich nicht auf mich aufmerksam machte.“ Kamal Singh konnte sich ein Schmunzeln nicht verkneifen.

„Verstehe. Waren Sie noch da, als er wieder herauskam?“

„Nein. Ich fand meinen Ohrring und kehrte auf unser Zimmer zurück.“

„Mrs Singh, wissen Sie noch, um welchen Tag es sich handelte?“

„Es muss der Mittwoch letzte Woche gewesen sein.“

„Vier Tage später erschien der Mann nicht zum Frühstück“, brummte der Detektiv gedankenverloren vor sich hin.

„Meinen Sie, das steht in irgendeinem Zusammenhang?“, fragte Matilda Singh, und ihr Kropfband zuckte nervös.

Victor notierte etwas und blickte dann auf. „Gut möglich. Ist Ihnen noch etwas anderes aufgefallen?“

Das Paar verneinte und Victor verabschiedete sich. Er ging zur Kombüsentür und klopfte, bevor er sie öffnete. Es roch intensiv nach gebratenen Zwiebeln.

„Mr Jones, ich hätte noch ein paar Fragen an Sie!“, rief er in die vermeintlich leere Küche.

Der Koch klapperte zur Antwort mit ein paar Töpfen, und Victor trat ein.

„Wie war‘s Frühstück?“, polterte Jeb hinter der Arbeitsfläche und kam ächzend wieder hoch.

„Wie erwartet sehr gut. Haben Sie jetzt einen Augenblick, dass ich Ihnen ein paar Fragen stellen kann?“, versuchte Victor es mit Fingerspitzengefühl. Der Koch trug ein löchriges Hemd und Hosenträger über einer fleckigen Hose.

Seine Schürze war sauber, der Verband an seiner Hand frisch.

„S‘ Mittagessen will vorbereitet wer’n. Müssen‘se später wieder komm‘!“

9-Finger-Jeb zeigte mit einem langstieligen Soßentopf auf einen Berg Kartoffeln.

„Ich werde Ihnen helfen“, entgegnete Victor, trat, ohne eine Antwort abzuwarten, zur Arbeitsfläche und nahm das Messer in die Hand. Jeb musterte ihn argwöhnisch.

„Sie hamm‘ hier nix verloren, Jungchen.“

„Da haben Sie recht, aber wir haben hier einen verschwundenen Mann und Sie möchten ja nicht, dass wir ihn zufällig in Ihrer Kühlkammer finden. Deshalb erlauben Sie, dass ich Ihnen zur Hand gehe.“

Der Koch antwortete nicht. Einäugig blickte er zur Kühlkammer. Dann stellte er den kleinen Topf auf dem Herd ab, trat hinüber zu einem Bund Möhren und begann, sie in kleine Scheiben zu hacken. Victor fiel auf, dass der Koch unbeholfen mit seiner bandagierten Hand agierte.

„Was ist mit Ihrer Hand passiert?“, fragte Victor.

„Hab‘ mich geschnitten.“

„Wie?“

„Mit ‘m Messer.“

„Mit diesem?“ Victor hielt sein Kartoffelmesser hoch.

„Nee, mit dem Fischmesser!“, sagte der Alte und riss blindlings die Schublade zu seiner Rechten auf, griff hinein und hielt ein riesiges Messer hoch, dessen Klinge doppelt so lang war wie seine Hand.

„Passiert Ihnen das öfter?“ Victor schälte ungelenk die erste Kartoffel.

„Nee. Wissen‘se, ich seh‘ nicht so gut und hab‘ hier ‘ne gewisse Ordnung.“, sagte Jeb genervt und fuchtelte mit der großen Klinge direkt vor seinem verdeckten Auge herum. „Problem is‘ nur, wenn einer was durcheinanderbringt. Deshalb mag ich keine Fremden in meiner Küche!“ Er schnalzte und schmiss das Messer zurück in die Schublade. Dann fuhr er mit den Möhren fort. Victor sah sich um. Alles stand durcheinander, er bezweifelte, dass hier irgendetwas einer Ordnung folgte.

„Jetzt gucken‘se nich‘ so. Ich bin seit dreißig Jahren Koch und hab mich noch nie verletzt.“

„Ich nahm an, Sie hätten ein Auge und Ihren Finger im Laufe Ihres Lebens eingebüßt?“

„Aber das war nicht meine Schuld! Das Auge hab‘ ich bei ‘ner Explosion verloren und den Finger hat mir meine Frau abgehackt.“

Victor ließ das Messer sinken und sah den Alten verstört an. Der warf plötzlich den Kopf in den Nacken und lachte ein kehliges Lachen. Dabei entblößte er sein marodes Gebiss. „Jetzt stellen‘se schon Ihre verdammten Fragen, dass‘se wieder verschwinden!“

„Was wissen Sie über Dr. Alistair Cromwell?“

„Das is‘ der Verschwundene.“

„Und weiter?“

„Nix weiter! Was hab‘ ich mit den Passagieren zu schaffen? Ich kenn‘ niemanden von denen, weiß nur, dass jemand keine Kuhmilch verträgt und ich deshalb aufpassen muss."

„Wissen Sie, um wen es sich handelt?"

„Nee. Das regelt Pierre, ich hab' keinen Kontakt mit den Gästen."

„Nicht einmal auf dem Gang oder dass Sie jemand in der Küche aufsucht?"

„Warum soll mich hier wer suchen?"

„Vielleicht, um etwas mit Ihnen zu besprechen?"

„Nee. Hier war keiner."

„Und sonst irgendwelche ungewöhnlichen Vorkommnisse?"

„Nee. Nur das hier", sagte Jebbediah und hob seine bandagierte Hand. „War's das jetzt?"

„Ja, vielen Dank für Ihre Zeit." Victor steckte das Messer in eine dicke Kartoffel und wandte sich zum Gehen. Hielt dann aber inne. „Eins noch. Dürfte ich einen Blick in die Kühlkammer werfen?"

„Wenn's unbedingt sein muss, tun'se sich kein' Zwang an!", sagte Jeb und zog die Nase hoch. Unbeirrt schnippelte er weiter sein Wurzelgemüse.

Victor ging an dem Alten vorbei, legte den Hebel um und lugte in die Kühlkammer. Sie war nicht besonders geräumig, und in Holzkisten und Regalen stapelten sich Lebensmittel. Nichts Unauffälliges. Victor verschloss die Tür wieder sorgfältig und verließ mit einem kurzen, unerwiderten Gruß die Kombüse. Draußen zog er sein Notizbuch hervor und notierte alles, was der Koch soeben von sich gegeben hatte. Der Spruch mit der Kühlkammer war nur ein Bluff gewesen. Angesichts der Reaktion des Alten hatte es Victor als seine Pflicht empfunden, diese trotzdem zu kontrollieren. Anscheinend hatte Jeb dem Detektiv gezeigt, wer in der Küche das Sagen hatte. Diese Lektion hatte Victor jetzt gelernt. Entweder hatte der Alte ihm verschwiegen, dass Dr. Cromwell ihn aufgesucht hatte. Oder, was Victor für wahrscheinlicher hielt, Cromwell war heimlich in die Kombüse eingedrungen, als der Koch nicht anwesend war. Was er dort gewollt hatte, wusste er allerdings nicht. Er ließ das Notizbuch zurück in seine Weste gleiten. Wo war diese Mechanikerin eigentlich abgeblieben? Sie war nach dem Frühstück verschwunden, ohne ihn in Kenntnis zu setzen, wohin. Victor beschloss, sich auf die Suche nach der Werkstatt zu machen. Dazu stieg er die Treppe zur zweiten Etage hinab.

Sein Knie schmerzte wieder. Unten angekommen, krempelte Victor die Hose hoch. Ein frischer Bluterguss kam zum Vorschein, die Größe war beachtlich. Wann und woran hatte er sich gestoßen? Das Knie war zudem etwas warm und druckempfindlich. So entscheid er, jetzt mit der Befragung der Ärztin fortzufahren und sich vielleicht einen Salbenverband anlegen zu lassen. Das Behandlungszimmer befand sich ebenfalls auf der unteren Etage, nur ein paar Schritte den Gang hinunter, wie er feststellte. Leise klopfte Victor an. Hinter der Tür war alles ruhig, niemand antwortete. Hinter der Biegung des Ganges, außerhalb seiner Sichtweite, öffnete sich eine schwere Tür und Victor drehte sich zu dem Geräusch um. Unverständliche Frauenstimmen, dann kamen Schritte in seine Richtung. Es war die

Mechanikerin, die tief in Gedanken überrascht vor ihm zum Stehen kam. Ihr Geruch nach schweren Maschinen und etwas Süßem kitzelte ihn in der Nase.

„Mr Blackwell, wollen Sie zu Dr. Ashwood?“, fragte Isabella mit Blick auf die verschlossene Tür hinter Victor.

„Ja, wissen Sie, wo sie ist?“

„Nicht mit Sicherheit. Aber ich vermute, sie wird jemanden behandeln und spätestens nach dem Mittagessen wieder anzutreffen sein. Oder wollen Sie es später beim Mittagessen versuchen?“

„Das klingt nach einer Option. Ist bei Ihnen alles in Ordnung?“

Isabella stutzte. Hatte sich dieser unsympathische Mensch nach ihrem Wohlbefinden erkundigt?

„Oder machen die Maschinen wieder Ärger?“, setzte Victor hinterher, weil sie nicht schnell genug reagierte. Da hatte sie ihre Antwort. Und sie schalt sich innerlich für ihre erste Annahme, dass dieser Mann eine soziale Ader haben könnte.

„Es ist alles in Ordnung mit den Maschinen. Die Wache vor der Tür erspart uns zumindest den Alarm im ganzen Schiff. In der jüngsten Vergangenheit hat das bereits für einige Unruhen gesorgt. Was machen denn Ihre Untersuchungen? Haben Sie schon eine Ahnung, was hier los ist?“

„Noch nicht in Gänze. Können Sie mir sagen, wo sich Labor und Werkstatt befinden?“, fragte er fachmännisch und suchte die Wände nach Wegweisern ab, die er natürlich nicht fand.

„Diese Räumlichkeiten befinden sich im hinteren Bereich des Schiffes. Da entlang", sagte Isabella und zeigte mit ihrer behandschuhten Hand den Gang hinunter. Victor schob sich an ihr vorbei, was eindeutig zu nah war. Dabei stieg ihm wieder der süßliche Duft in die Nase, den Isabella verströmte. Heute sogar intensiver als gestern. Ob sie sich parfümierte? Sie schien sich nicht viel aus Äußerlichkeiten und dem Herausputzen zu machen. Ihr Hemd war frisch, das schien aber die einzige Veränderung zum gestrigen Tag zu sein. Woran erinnerte ihn der Geruch bloß?

5. Kapitel

Mr Blackwell betrat vor ihr die Werkstatt. Das war einer ihrer Lieblingsorte im ganzen Unterseeboot. Der Geruch nach Maschinenöl und Eisen war hier besonders prägnant. Unzählige Werkzeuge in den unterschiedlichsten Größen schmückten die Stirnseite der Werkstatt und ergaben einen herrlichen Fries, der im Licht der vielen Lampen blitzte. Isabella hatte jedes einzelne von ihnen mit Bedacht ausgewählt und manche der Spezialwerkzeuge sogar selbst konzipiert. Einige vorgefertigte Ersatzteile hingen ordentlich an den übrigen Wänden und lagerten in beschrifteten Regalen. Einen Großteil der Schiffstechnik hatte Isabella modular konzipiert, was bedeutete, dass kaputte Teile problemlos und zeiteffizient ausgetauscht und die Reparaturen an den ausgebauten Teilen erst im Anschluss durchgeführt wurden. Das bedeutete zwar, dass das Schiff enormen Platz dafür einbüßte, aber ein Versagen der Technik quasi ausgeschlossen war. Das Einzige, wofür es an Bord keinen Ersatz gab, war der Ätherkristall. Sonst hätte man ein halbes U-Boot hier drinnen nachbauen können. Mitten im Raum hing eines der großen Klimaaggregate an Eisenketten von der Decke. Die Juniortechniker William „Bill“ Harper und Alfred Bishop werkelten gerade darin herum. Zumindest nahm Isabella das an, denn sie steckten beide mit dem Oberkörper bis zur Hüfte in dem Metallkasten. Mr Blackwell erzeugte ein dröhnendes Geräusch im Inneren, als er mit den Fingerknöcheln dagegen klopfte. Die Männer erschraken sichtlich und duckten sich anschließend tief, um aus ihrem Versteck aufzutauchen.

„Guten Tag.“, sagte der Detektiv ohne jede Freundlichkeit in der Stimme. Sein Blick glitt langsam an den Männern auf und ab. Alfred war in Isabellas Alter, in seiner Latzhose sah er unscheinbar und fast hager aus. Lediglich die sehnigen Unterarme ließen vermuten, dass er körperliche Arbeit gewohnt war. Sein Gesicht war verschwitzt und gerötet. Auch Bill sah aus, als hätte er sich gerade angestrengt. Seine Brille saß etwas schief in dem bärtigen Gesicht, und sein lockiges blondes Haar war zerzauster als sonst. Auch er trug eine Latzhose, die er lediglich an einer der breiten Schultern geschlossen hatte. Ein lässiger Typ von Mitte zwanzig.

„Wrench! Wir, äh … reparieren gerade das K-Klimasystem“, stotterte Bill und versuchte, sich an dem hängenden Kasten abzustützen, schubste ihn aber dadurch gegen Alfred auf der anderen Seite. Der zweite Juniortechniker hatte seine Mühe, den Klotz wieder zum Stillstand zu bringen. Es hatte viel von einem Zirkusbesuch, und Isabella konnte sich ein Grinsen nicht verkneifen. Mr Blackwell schaute sich unbeeindruckt in dem geräumigen Raum um. Wie konnte nur so viel Platz für Werkzeug vergeudet werden?

„Oh, soll ich mal nachschauen?“, fragte Isabella lächelnd und wollte sich schon in den Kasten ducken, aber Alfred schüttelte energisch den Kopf.

„Nein, nein, nicht nötig! Lass uns das versuchen. So lernen wir mehr. Wenn wir fertig sind, melden wir uns bei dir und du kannst es noch mal checken, okay?“, sagte Alfred und gestikulierte ausladend.

„O-kay“, sagte Isabella gedehnt und versuchte zu verstehen, was los war. Denn eigentlich waren die Jungs nie verlegen, um Hilfe zu bitten. Sie blickte zu Mr Blackwell, der sich ungeduldig räusperte. „Mr Blackwell kennt ihr ja bereits. Ich denke, ihr seid jetzt an der Reihe, ihm ein paar Fragen zu beantworten“, stellte sie den Mann vor, weil sie dachte, es wäre ihre Aufgabe.

„Ich würde gern mit Ihnen beginnen“, sagte Mr Blackwell zu Alfred, der große Augen machte.

Sofort brach dem jungen Mann der Schweiß aus. „Können wir nicht zusammen befragt werden?“, wandte er mit einem Blick zu Bill ein.

„Wir sind hier nicht bei einem Verhör, keine Sorge. Die anderen Paare habe ich auch nicht einzeln befragt. Wir bleiben alle im Raum“, sagte Mr Blackwell mit einem Anflug eines Lächelns. Jetzt war es an Isabella, große Augen zu machen. „Paare?“, fragte sie, und die Zahnrädchen in ihrem Kopf rasteten langsam ein. „Oh, jetzt ergibt es Sinn!“, sagte sie laut, und drei Augenpaare richteten sich auf sie. „Äh, schon gut. Entschuldigung!“

Die jungen Männer sahen sich verlegen an und Bill trat ein wenig näher zu Alfred hinüber. Isabella zog drei Hocker unter der Werkbank hervor und setzte sich selbst auf die Arbeitsplatte, während der Detektiv sein Notizbuch herausholte. Er stellte den Männern einige Fragen, die sich im Grunde nicht von denen unterschieden, die er auch den anderen Crewmitgliedern gestellt hatte. Was ihnen aufgefallen war, welche Zwischenfälle es gab. Während des Gesprächs hörte Isabella still zu und bastelte. Sie hatte sich ein paar lose Einzelteile und Zahnräder geschnappt, etwas Blech zurechtgeschnitten und gebogen und alles mit ein paar Schrauben kombiniert. Es war so gut wie fertig! Jetzt nahm sie einen der kleinen Schraubendreher von ihrem Werkzeuggürtel und zog die letzten Schrauben fest, als Mr Blackwell gerade fragte: „Haben Sie eine Erklärung dafür?“

Isabella horchte auf, anscheinend hatte sie nicht mehr aufgepasst und sich in ihrer Spielerei verloren. Alfred antwortete nur zögerlich, er schien etwas wütend und versuchte, sich zu beherrschen. Er verneinte die Frage des Detektivs mit zusammengebissenen Zähnen. Warum war er so aufgebracht?

„Ich werde noch mal deutlicher fragen: Kann es sein, dass Ms Brasswright ein Fehler bei der Konzeption des Schiffes unterlaufen ist?“

Isabella ließ ihre Bastelei sinken. Was hatte sie für einen Fehler gemacht?

„Nein, verdammt. Wrench macht nie einen Fehler. Sie ist die Mutter dieses verdammten Apparates!“, platzte es aus Alfred heraus und Isabella bekam eine Gänsehaut. Bill legte Alfred beruhigend eine Hand auf den Arm und schüttelte sacht den Kopf. Der atmete tief ein und aus und sagte dann etwas entspannter: „Entschuldigen Sie meinen Ausbruch. Unsere Chefin ist die Beste auf ihrem Gebiet, und nicht nur der Kapitän hält große Stücke auf sie.“

„Aber ist es nicht nur menschlich, dass auch ihr einmal ein Fehler unterläuft?“

„Schauen Sie sich d-diese Frau an! Was sie vollbringt, ist ü-übermenschlich!“, schaltete Bill sich jetzt grimmig ein und deutete auf das Gebilde in Isabellas Hand. Die drei Männer betrachteten das kleine mechanische Karussell, das sich lautlos in ihrer Hand drehte. Und Isabella starrte die Männer an. Die Wut in den Gesichtern der Juniortechniker, das Misstrauen in den Augen des Detektivs. Das waren viele Emotionen auf einmal.

„Ich gehe mal nach dem Kesseldruck schauen“, sagte Isabella mechanisch und platzierte ihre Bastelei auf der Arbeitsplatte. In Zeitlupe glitt sie hinab und verließ den Raum, ohne zurückzuschauen.

Niemand versuchte, sie aufzuhalten.

Victor ließ sich kraftlos auf sein Bett fallen. Das kleine Karussell stand auf dem mittleren Brett seines Regals. Sein schmerzendes Knie lagerte er auf sein Kopfkissen. Das war ein ziemlich mieser Tag, sogar für seine Verhältnisse. Die Befragung der Juniortechniker hatte nicht viel gebracht. Nichts brachte hier irgendetwas! Natürlich hatten die beiden von verschwundenem Material und Werkzeug berichtet, aber das hatte Isabella ihm bereits mitgeteilt. Dieser verfluchte Ätherkristall mit seinem Dampfkessel ging ihm nicht aus dem Kopf. Es war doch nur normal, dass er dann nach einer plausiblen Erklärung für den Fehler suchte. Aber diese Männer behandelten ihre *Wrench* wie eine Gottheit. *Wrench macht nie einen Fehler*, hallten die Worte des

Juniortechnikers in seinen Gedanken nach. *Nie*. Sein frustrierter Seufzer mündete in einem erstickten Brüllen. Diese übertriebene Heiligsprechung einer jungen Frau erinnerte ihn an einen Fall, den er direkt zu Beginn seiner Detektivkarriere übernommen hatte. Ein junger Mann hatte Victor aufgesucht, weil seine Verlobte sich seltsam verhielt. Er war wie besessen von der Perfektion seiner zukünftigen Ehefrau. Dennoch vermutete der Verlobte, dass seine Herzensdame eine Affäre hatte, denn sie stahl sich von Zeit zu Zeit davon, während der junge Auftraggeber bei der Arbeit war. Victor stellte ihr nach und observierte sie über mehrere Tage. Folgte ihr zum Frisör, zum Schneider, in Cafés, zu Bridge-Nachmittagen mit ihren Freundinnen und in die Bibliothek. Alles war unauffällig, keine Liebschaften, keine Besonderheiten. Nach etwa sieben Tagen erstattete Victor seinem Auftraggeber Bericht, der genau wissen wollte, wann seine Verlobte sich wo aufhielt. Und Victor teilte ihm alles genau mit. Aber mit wem sie ihre Zeit verbrachte, schien plötzlich nur noch zweitrangig. Er bedankte sich bei Victor, zahlte ihn aus und ließ ihn mit einem unguten Gefühl zurück in seiner Detektei. Und anstatt den Fall ad acta zu legen, folgte Victor dem Verlobten in der nächsten Woche. Und stellte fest, dass er derjenige war, der seine perfekte Verlobte betrog. Er hurte herum, während seine Frau beim Bridge war, ging zum Glücksspiel, wenn sie in der Bibliothek war und traf zwielichtige Männer, wenn sie beim Schneider war. Victor führte Buch über die Gewohnheiten des Mannes, drei Tage lang, und suchte die Frau bei nächster Gelegenheit in der Bibliothek auf. Sie reagierte erst völlig ungläubig, fühlte sich sogar belästigt von Victor und den vermeintlichen Lügen, die er über ihren Verlobten behauptete. Aber Victor hatte Beweise. Einen Schuldschein und ein Paar Ohrringe, die er vom Pfandleiher zurückgekauft hatte. Als sie die Ohrringe sah, brach die junge Frau in Tränen aus und glaubte ihm. Im Nachhinein hatte Victor sich gefragt, warum er so dämlich gewesen war, das Geld, das er bei dem Fall verdient hatte, für die Ohrringe aus dem Fenster zu schmeißen. Aber in einer kleinen dunklen Ecke seines Herzens konnte er es nicht ertragen, dabei geholfen zu haben, dass der Mistkerl von einem Verlobten die junge Frau betrog. Er hatte gelernt, sich nicht auf Augenscheinlichkeiten zu verlassen und auf sein ungutes Gefühl zu hören.

Genau das gleiche ungute Gefühl, das Victor auch jetzt verfolgte. Er versuchte sich von der Idee zu lösen, dass die Mechanikerin einen Fehler gemacht hatte. Aber es musste eine andere Erklärung geben. Dass jemand anderes einen Fehler gemacht hatte. Laut Ms Brasswright gab es keine technische Erklärung für die Leistungsabfälle der Vakuumpumpe. Seit die Dampfmaschine lief, gab es weniger Alarm. Oder gab es weniger Alarm, weil jetzt eine Wache vor der Tür stand? Sollte jemand das Schiff boykottieren und Dr. Cromwell hatte Beweise gegen diese Person und musste deshalb verschwinden? Jemand, der von den Passagieren klaute? War es vielleicht der Koch gewesen? Er schlug sich mit dem Notizbuch an die Stirn. Victor kam sich vor wie ein Detektiv in einem der Groschenromane, die Mrs Sanders in der guten Stube hinter den Sofakissen versteckte. Er war müde und ausgelaugt. Ein Whiskey wäre jetzt nett, zum Entspannen. Aber vor dem Mittagessen schon betrunken zu sein, während der Arbeitszeit, entsprach nicht dem hiesigen Standard. Er seufzte und rieb sich mit beiden Händen das Gesicht. Irgendetwas übersah er. Lag der Schlüssel zur Lösung bei dem Forscherteam? Er sollte als Nächstes diese Leute befragen. Als er die Notizen zum wiederholten Male überflog, fielen ihm immer wieder die Augen zu.

Victor rollte sich auf der Matratze herum. Warum hatte er sich nicht unter die Decke gelegt? Jetzt fror er. Bestimmt hatte er das Mittagessen verschlafen. Vielleicht bekam er in der Küche noch ein paar Reste, wenn er Pierre Dupont fand. Er setzte sich auf und stellte die Füße auf den Teppichboden seines Zimmers. Da bemerkte er die Pfütze auf dem Boden. Das Wasser stand mehrere Zentimeter hoch. Fahrig sah sich Victor nach der Ursache um und fand Rinnsale, die aus den Fugen seiner Zimmertür mit enormem Druck ins Zimmer gepresst wurden. Das musste bedeuten, dass das Schiff volllief. Seine letzte Stunde hatte geschlagen! Er war gefangen in diesem Raum, und Panik wallte in ihm hoch wie eine gefährliche Brandung. Warum hatte er Ironhaven nur verlassen? Jetzt würde er tausend Meter unter dem Meer elendig ersaufen. Falls die Tür so lange standhielt. Verzweifelt sah er sich nach einer Fluchtmöglichkeit um und bereute es sofort. Vor dem Fenster pulsierte eine seltsame Masse, die ihm trotz der Abartigkeit vertraut erschien. Wie aus einem Albtraum. Und die Masse bewegte sich vor dem Fenster entlang. Sich seines Endes schmerzlich bewusst, fasste Victor Mut und kletterte zurück auf die Matratze. Er legte die Hände links und rechts neben das Fenster und sah hinaus. Was war das für ein abstoßendes Etwas? Victor versuchte, es in seiner Gänze zu begreifen. Er konnte die Dimensionen nicht erfassen und das Fenster war zu klein, um überhaupt genug zu erkennen. Dann kam eine Art Auge zum Vorschein. Victor sah es. Und es sah ihn. Für einen Moment stand die Zeit still. Victor hielt die Luft an, das Wasser hielt inne, das Pulsieren gefror, als sich beide Lebewesen der Existenz des Anderen bewusstwurden. Und dann beschleunigte die Zeit um ein Vielfaches. Ein ohrenbetäubendes Dröhnen, wie nicht von dieser Welt, drang durch das Schiff, als es entzweibrach.

Victors Gesicht schlug hart auf dem Teppichboden auf. Noch bevor er die Augen öffnete, spürte er, dass der Teppich unter ihm trocken war. Kein Wasser! Blitzartig fuhr Victor hoch und vergewisserte sich, dass die Tür normal und das Fenster schwarz wie immer war. Eine einsame Träne der Erleichterung perlte von seinen Wimpern, klein und salzig. Der einzige Beweis für seinen Albtraum im Diesseits. Er wischte sie weg. Seine Taschenuhr zeigte dreizehn Uhr, das Mittagessen hatte noch nicht einmal begonnen. Dennoch verließ er fluchtartig sein Zimmer und suchte das Krankenzimmer auf.

Dr. Ashwood, in einem weißen Kittel, öffnete auf sein energisches Klopfen hin und sah ihn unwirsch an. „Mr

Blackwell, es scheint mir, dass Sie ein dringliches Anliegen haben?"

„Das kann man wohl sagen. Haben Sie einen Moment Zeit?" Victor war schon halb zur Tür hinein, da sah er Kamal Singh, der sich gerade von der Liege erhob.

„Mr Singh, entschuldigen Sie die Störung." Victor fuhr sich mit der Hand durchs Haar und trat zurück auf den Gang.

„Ich wollte gerade gehen", sagte der Mann mit dem Turban. Sein indischer Akzent konnte seinen Unmut über die Situation nicht verstecken. Er nickte der Ärztin zum Abschied zu und verließ das Zimmer dann in entgegengesetzte Richtung, damit er sich nicht an Victor vorbeidrängen musste.

„Mr Blackwell, ich sehe, wie dringlich Ihr Anliegen ist, aber Ihr Benehmen ist unzumutbar", schalt sie den Detektiv wie ein Kind, bedeutete ihm aber, einzutreten. „Was kann ich denn für Sie tun?", fragte sie und schloss die Tür hinter ihm. Victor ließ sich auf die Liege fallen, die noch die Körperwärme seines Vorgängers gespeichert hatte. Singh musste länger hier gewesen sein. Der Raum war quadratisch, auf einer Seite reichte ein Schubladenschrank bis zur Zimmerdecke und unendlich viele Etiketten nannten den Inhalt. Ein paar der Schubladen waren mit Schlössern versehen. Eine Art OP-Lampe war mittig in der Decke eingelassen und einige Gasflaschen an den Wänden befestigt. Auf einem Klapptisch an der Wand stand die lederne Tasche der Ärztin. Ein paar medizinische Bücher standen auf einem Regalbrett neben einigen Gefäßen, die Wattestäbe und Zungenspatel bereitstellten. Dieser Raum hatte nichts mit einer Praxis gemein, und er hatte das ungute Gefühl, dass hier im Notfall auch Operationen durchgeführt wurden.

„Mein Knie macht Probleme", begann er und zog das Hosenbein hoch, um den unschönen Bluterguss zu präsentieren.

Die Ärztin zog die Nase kurz kraus. „Das sieht allerdings schmerzhaft aus. Haben Sie sich letzte Nacht verletzt?", fragte sie und befühlte vorsichtig die Kniescheibe unter dem Hämatom.

„Letzte Nacht?", fragte Victor und verengte die Augen zu Schlitzen.

„Ohjee, ich habe schon befürchtet, dass die Dosis vielleicht etwas zu heftig war. Das tut mir leid, Mr Blackwell. Legen Sie sich doch bitte kurz hin." Dr. Ashwood drehte sich zu ihrer Arzttasche um, die hinter ihr auf dem kleinen Tisch stand. Was zur Hölle war letzte Nacht passiert? Von welcher Dosis sprach sie? Sie hatte ihn unter Drogen gesetzt. Und wollte es jetzt wieder tun! Victor schoss von der Liege hoch und hob die Fäuste.

„Was spielen Sie für ein Spiel?!", spie er.

Dr. Ashwood drehte sich wieder zu ihm um, sah auf seine Hände und machte ein ungläubiges Gesicht. Normalerweise schlug er keine Frauen, aber wenn sie ihm wieder eine Spritze … Er blickte auf ihre Hände. Darin lagen ein Verband und ein Tiegel mit Salbe. „Mr Blackwell! Ich glaube, es geht mit Ihnen durch. Beruhigen Sie sich und ich helfe Ihrer Erinnerung auf die Sprünge, während ich Ihr

Bein versorge." Er ließ die Hände sinken. Resignation machte sich in ihm breit. Was war bloß los?

„Legen Sie sich hin und beugen Sie das Knie etwas. Ich weiß, hier passieren seltsame Dinge, Sie sind nicht der Einzige, der davon betroffen ist. Ich hatte nur gehofft, dass Sie nicht so schnell daran leiden würden."

„Was hat das zu bedeuten? Was ist letzte Nacht passiert?", fragte Victor und legte sich rücklings auf die Liege, wie in ein Bett aus Hilflosigkeit.

„Das weiß ich leider auch nicht. Es war kurz vor drei Uhr heute Nacht, ich war gerade auf dem Weg in mein Zimmer, da habe ich Sie gehört."

„Mich gehört?"

„Meine Güte, Sie erinnern sich an überhaupt nichts mehr, oder?" Victor antwortete nicht. Mit vorsichtigen Berührungen zog Dr. Ashwood sein Hosenbein höher und begann, ihn zu verarzten.

„Sie haben geschrien, als hätten Sie den Leibhaftigen gesehen. Ich bin direkt in den Salon gelaufen und habe Sie hinter einem der Sessel kauern sehen. Sie hatten einen der schlimmsten Panikanfälle, den ich jemals beobachtet habe. Und bevor Sie fragen, es lag nicht an der Geschwindigkeit, was Sie in diesen Zustand versetzt hat, denn das Schiff steht nachts beinahe still. Sie haben etwas von einem Auge erzählt."

„Ein Auge …?", entwich Victor die Idee einer Erinnerung. Dann traf ihn das Bild wie ein Hammerschlag. Das Auge, das ihn in seinem Albtraum heimsuchte. Das Wesen, das ins Innere des Schiffes glotzte. Victor schnappte nach Luft.

„Oh, ich merke, da kommt wieder eine Emotion hoch“, kommentierte die Ärztin und kniff ihm beherzt in den Oberarm.

„Aua!“, empörte sich Victor und rieb die schmerzende Stelle. „Was sollte das?“

„Ein kleines Ablenkungsmanöver, bevor Sie sich wieder in etwas hineinsteigern. Ich kann Ihnen nämlich versichern, dass es letzte Nacht kein Auge gab.“

„Was macht Sie da so sicher?“

„Sie sind nicht der Einzige an Bord der Nautilus Noir, der an Halluzinationen leidet“, sagte sie und tätschelte ihm die Hand. Dann fuhr sie damit fort, das Knie zu versorgen. Sie trug eine weiße Salbe auf, die intensiv nach Medizin roch.

„Was meinen Sie mit Halluzinationen?“

„Augen, Tentakel, Schatten, Wesen ohne konkrete Form, Geräusche, Wasser, alle möglichen Albtraumwesen.“ Dr. Ashwood machte eine vage Bewegung in der Luft, die alles und noch mehr umfasste. Es folgte der Verband.

„Wer ist betroffen?“

„Das darf ich Ihnen leider nicht mitteilen, das unterliegt der ärztlichen Schweigepflicht. Mit Ihnen nur eine Handvoll Leute. Denken Sie denn, es spielt eine Rolle für Ihre Ermittlungen?“

Hatte Sie das jetzt allen Ernstes gefragt?

„Natürlich! Aber was mich mindestens genauso interessiert, ist: Was ruft diese Halluzinationen hervor und was kann man dagegen tun?“

„Wenn ich das nur wüsste! Aber ich werde bei nächster Gelegenheit mit den Betroffenen sprechen, ob sie sich Ihnen anvertrauen wollen.“ Sie steckte das Ende des Verbandes sorgfältig fest und zog behutsam sein Hosenbein hinab. Dann blickte sie ihn aus grünen Augen an.

„Bisher wissen nur Sie, der Kapitän und ich von diesen Zwischenfällen. Vielleicht können Sie heute Abend mit ihm darüber sprechen. Die Ursache kann bei dem Ätherkristall liegen.“

Victor setzte sich auf, die Ärztin spürte seine Fragen und sprach weiter. „Waren Sie zufällig schon im Kristallraum?“

„Ja, gestern Abend. Ist der Kristall gefährlich?“

„Isabella wird Ihnen wahrscheinlich schon über den Kristall und sein Potenzial berichtet haben. Hat sie erwähnt, dass er uns alle ins Jenseits befördern kann, wenn das Vakuum im Zylinder nachlässt?“

„Sie hat es weniger drastisch ausgedrückt“, gab Victor trocken zurück. Die Panik blieb zum Glück aus. Dr. Ashwood setzte sich Victor gegenüber auf einen Hocker.

„Das ist nicht alles. Wer den Raum betritt, muss eine Atemschutzmaske tragen, weil die Ätherdämpfe gewisse Reaktionen hervorrufen können.“

„Lassen Sie mich raten, er erzeugt Halluzinationen?“ Ashwood lächelte schief und nickte.

„Nicht nur das. Ist man den Dämpfen längere Zeit ungeschützt ausgesetzt, führen sie zu Reizungen der Schleimhäute, Schlaflosigkeit, Zustände von Euphorie, Schwindel oder Bewusstlosigkeit. Auch Übelkeit und Erbrechen können die Folge sein, und natürlich Halluzinationen. Bei den

Luftfilteranlagen auf der oberen und unteren Etage handelte es sich um separate Kreisläufe, deshalb ist die Belastung oben deutlich geringer. "

„Hat Ms Brasswright Halluzinationen?"

„Diese Frage darf ich nicht beantworten."

„Sie hat vermutlich mit Abstand am meisten mit dem Kristall zu tun Ich habe ihre roten Augen gesehen … Sie muss Halluzinationen haben!", mutmaßte Victor.

„Mr Blackwell, lassen Sie es mich so ausdrücken: Es gibt Menschen an Bord, die immun zu sein scheinen."

„Sie ist zwischendurch so komisch", murmelte Victor und erstellte in Gedanken eine Liste von Symptomen, die zu Ms Brasswrights Verhalten passte.

„Isabella ist ein besonderer Mensch und wie jeder Mensch, hat sie ihre Geheimnisse. Aber Halluzinationen gehören nicht dazu, soweit ich weiß." Ashwood biss sich auf die Lippen, wohlwissend, dass sie Dinge ausplauderte, die sie ihre Zulassung als Ärztin kosten konnten.

„Was ist mit Ihnen, haben Sie auch Halluzinationen?" Sie wägte ab, ob das auch unter die ärztliche Schweigepflicht fiel.

„Ich hatte erste Anzeichen."

„Und dann?"

„Dann habe ich ein paar Selbstversuche durchgeführt", druckste sie herum.

Victor wurde hellhörig. „Mit was?"

„Mit unterschiedlichen psychoaktiven Substanzen. Ich habe eine Dosierung gefunden, die intravenös verabreicht eine Art Schutz bietet."

„Das Mittel haben Sie mir gestern verabreicht?"

Die Ärztin nickte schuldbewusst. „Hätte ich gewusst, dass Sie so darauf reagieren, hätte ich es nicht getan. Es handelte sich um die gleiche Dosis, die ich mir abends injiziere. Diese Illusionen sind nachts am stärksten und ich kann den Albträumen so am effektivsten vorbeugen. Allerdings müssen wir uns dann für Sie etwas anderes einfallen lassen. Ich kann Sie nicht jeden Abend in die Bewusstlosigkeit spritzen!" Da hatte sie allerdings recht. Er musste bei Verstand bleiben, halbwegs zumindest.

„Bekommen die anderen Betroffenen ebenfalls dieses Mittel?"

„Nicht alle. Manche nehmen nur einfache Schlafmittel ein."

„Warum nehmen sie Ihr Mittel nicht?"

„Weil es nicht erprobt ist und die Nebenwirkungen nicht bekannt sind."

Victor suchte nach einem Anzeichen im Gesicht der Ärztin, aber sie mied seinen Blick. Diesmal würde sie keine vertraulichen Informationen ausplaudern. Noch kannte er nicht alle Personen an Bord des Schiffs, aber die meisten. Die Chance, dass er mindestens eine weitere betroffene Person gesprochen hatte, war groß. Etwas in seinem Gehirn rastete ein und er liebte das Gefühl.

„Mrs Singh ist schwanger. Deshalb war ihr Mann gerade hier, und deshalb geben Sie ihr das Medikament nicht."

Die Ärztin rieb sich wie zufällig die Nasenspitze. „Dazu darf ich nichts sagen."

Victor grinste zufrieden. Endlich nahm die ganze Angelegenheit Fahrt auf. „Was war mit Dr. Cromwell?“

„Ich kann leider keine …“

Victor hob anklagend die Arme. „Der Mann wird vermisst und ich soll den Fall aufklären, Dr. Ashwood!“

Die Ärztin nickte. „Sie haben recht. Allerdings hat mich der Vermisste zu keiner Zeit konsultiert. Ich nehme allerdings an, dass auch er auf den Ätherkristall reagiert hat. Er hat Verhaltensänderungen gezeigt, die allen an Bord aufgefallen sind. Hatten Sie Gelegenheit, das restliche Forschungsteam zu befragen?“

Victor verneinte und ärgerte sich, dass er seine Zeit mit den Juniortechnikern vergeudet hatte, anstatt im Labor mit der Befragung zu beginnen. Aber der Tag war noch jung und Victor fest entschlossen, dort mit seinen Ermittlungen fortzufahren.

„Wann traten die ersten Fälle von Ätherhalluzinationen auf?“ Er zückte sein Notizbuch. Lydia Ashwood blickte zur Decke und versuchte, sich zu erinnern. „Vor ein paar Tagen wurde mir das erste Mal davon berichtet. Auch ich konnte meine Erfahrungen damit in Verbindung bringen.“

„Geht es genauer?“

„Ich schätze, vor sieben oder acht Tagen muss es begonnen haben, ohne meine Aufzeichnungen durchzusehen. Und etwa ein bis zwei Tage später kamen die ersten Betroffenen zu mir.“

„Da war das Schiff bereits seit einer Woche unterwegs. Ich bin keine vierundzwanzig Stunden an Bord und habe bereits Halluzinationen“, raunte Victor mehr zu sich selbst.

„Heute Nacht dachte ich zuerst, dass Sie wieder einen Panikanfall haben, so wie am Nachmittag. Aber als Sie das Auge erwähnten, war mir klar, dass es nichts damit zu tun hatte. Deshalb vermute ich, dass Sie gestern durch den Besuch im Kristallraum eine überhöhte Dosis der Dämpfe absorbiert haben und generell vielleicht etwas sensibler darauf reagieren."

Ashwood hielt ihn für sensibel. Victor schnaubte.

„Wissen Sie, das ist nichts Schlechtes. Haben Sie in der Vergangenheit vielleicht traumatische Situationen erlebt?", forschte sie und traf mehr als einen wunden Punkt gleichzeitig.

„Ich wusste nicht, dass Sie bei Sigmund Freud gelernt haben", blockte er ab.

Ashwood überging die Stichelei und sah auf die Uhr an der Wand. „Ich denke, wir sollten jetzt zum Mittagessen gehen, sonst verpassen wir auch noch den Nachtisch."

6. Kapitel

Das Essen verlief wenig spektakulär. Isabella Brasswright saß auf ihrem Platz und schaufelte genüsslich Schokopudding in sich hinein. Die Enttäuschung war ihr deutlich anzumerken, als sie den zweiten Becher zu Victor schob. Es war seine Portion. Die Deckhelferin Geraldine Reed war heute zum Kellnern abgeordnet und stellte ihm im Anschluss noch die Möhrenkartoffelsuppe mit Fleischeinlage auf den Tisch, die er verpasst hatte.

„Die Kartoffeln habe ich geschält“, versuchte Victor, das Schweigen zwischen Isabella und ihm zu brechen.

„Da hat Jebbediah aber einen guten Tag gehabt, sonst mag er keinen Besuch in seiner Küche.“

„Hatte er nicht. Er war wenig erfreut und mehr als froh, mich wieder loszuwerden“, gab er zu und schlürfte die deftige Brühe vom Löffel. Aber kochen konnte der Miesepeter wie kein Zweiter!

„Ja, das klingt schon eher nach Jeb.“

„Wissen Sie, wie er sein Auge und den Finger verloren hat?“

„Ich glaube, eins davon war eine Explosion und das andere hatte mit seiner Frau zu tun, aber sicher bin ich mir nicht.“

Victor verschluckte sich fast. Sollte der Alte ihn etwa nicht aufs Korn genommen haben?

„Hier, Wrench. Den schickt dir Dekama und lässt ausrichten, dass er dich gleich sprechen möchte.“ Die Deckhelferin stellte Isabella ein weiteres Dessert hin und zwinkerte ihr zu. Die Mechanikerin seufzte kaum merklich, dann nickte sie und bedankte sich. Was war ihr Geheimnis, von dem Ashwood vorhin gesprochen hatte?

Victor räusperte sich. „Ms Brasswright, entschuldigen Sie bitte, dass ich heute Vormittag Ärger provoziert habe. Es war nicht meine Absicht."

Isabella legte ihren Löffel neben den Pudding und sah ihn lange an, bevor sie antwortete. „Sie tun nur Ihren Job. So wie wir alle." Ihr Lächeln war so hohl wie ihre Worte und Victor wäre gern gegangen. Weg von hier.

„Haben Sie denn die Forscher gesprochen, wie es Ihr Plan war?", fuhr sie im Plauderton fort und nahm den Löffel wieder in die Hand. Sie war seltsam.

„Nein, noch nicht. Aber nach dem Essen hält mich nichts davon ab."

„Prima. Das wird bestimmt aufschlussreich!"

„Möchten Sie mich begleiten?"

„Das würde ich gern, allerdings erwartet der Kapitän mich."

„Natürlich, die Matrosin erwähnte es gerade."

Victor wollte sie nicht dabeihaben. Auch wenn ihre Anwesenheit von Zeit zu Zeit vielleicht angenehm war. So erhoffte er sich mehr Informationen, wenn die rechte Hand des Kapitäns nicht mit im Zimmer war.

Sie verabredeten sich zum Tee im Salon, wenn sie beide ihren Pflichten nachgekommen waren.

Victors Knie ging es mit dem kühlenden Salbenverband schon etwas besser. Die ovalen Türen, auch Schotts genannt, stellten generell eine Hürde dar, wenn er sich schnell durch das Schiff bewegen wollte. Nicht selten blieb er mit der Schuhspitze hängen, bei den Besatzungsmitgliedern sah es so viel leichter aus. Vermutlich eine Frage der Übung. So stolperte er am Ziel angekommen in den Laborraum. Eine Frau und zwei Männer standen in unterschiedlichen Ecken und sahen synchron von ihrer Arbeit auf.

„Guten Tag, mein Name ist Victor Blackwell und ich bin an Bord, um das Verschwinden Ihres Kollegen aufzuklären“, stellte Victor sich zum wiederholten Male an diesem Tag vor und richtete sich zu seiner vollen Größe auf.

Der Raum sah aus wie in den Schilderungen von Mary Shelleys Frankenstein. Es gab einen großen Tisch entlang der Rückwand, versehen mit Flaschen, Reagenzgläsern in goldenen Haltern, Mikroskope und Apparaturen, die Victor noch nie zuvor erblickt hatte. Einige Lampen blinkten und Bunsenbrenner erhitzten Kolben mit trüben Flüssigkeiten.

„Reichlich spät, dass Sie sich erst jetzt an uns wenden! Ich habe Sie doch heute Morgen schon beim Frühstück gesehen!“, eröffnete die rundliche Frau den Schlagabtausch und Victor wappnete sich innerlich. Sie musste die Ozeanografin sein, ihr Kittel war zu klein und stand offen. Darunter war eine unvorteilhafte Bluse zu erkennen, die ein paar undefinierbare Flecken aufwies.

„Dr. Evelin Goldman, wenn ich nicht irre. Sehr erfreut!“, strahlte Victor sie an und schüttelte ihre Hand.

Die Frau reagierte überrascht, aber geschmeichelt. „Sie kennen mich?“, erwiderte sie deutlich handzahmer als gerade eben noch.

„Ich habe von Ihnen gehört. Ebenso wie von Ihrem Kollegen, Professor Stone." Victor langte nach ihm und schüttelte auch seine Hand. Dann wandte er sich an den dritten und tatsächlich gutaussehenden Mann. Im Geiste dankte er dem Concierge für seine Personenbeschreibung. „Und Dr. Smith! Ich bin sehr erfreut, Sie alle drei kennenzulernen. Ich hoffe, Sie können mir ein wenig unter die Arme greifen, damit wir das Verschwinden Ihres Kollegen möglichst bald aufklären?" Er formulierte es als Frage und hoffte, sie würden seine Schmeichelei nicht sofort durchschauen. Es musste ihnen niemand auf die Nase binden, dass Victor die Fäden der Ermittlung in der Hand hielt. Außer bei Jebbediah vielleicht.

Und seine Rechnung ging auf. Ihm wurde einer der unbequemen Hocker angeboten, die anscheinend im gesamten Schiff verteilt waren. Dann ließen sich die drei Wissenschaftler ausgiebig über ihre Forschungsgebiete und beruflichen Erfolge aus. Zwischendurch stand Prof. Stone auf, rührte in den Kolben und stellte die Flamme aus.

Und endlich war es wieder an der Zeit, Notizen zu machen. „Wie würden Sie das Verhältnis im Team beschreiben?", fragte Victor im Plauderton und versuchte ein scheinheiliges Lächeln.

Es gelang, denn Dr. Goldman stieg darauf ein. „Ach, Alistair ist an und für sich ein umgänglicher Mensch. Ein ruhiger Zeitgenosse und sehr gewissenhaft. Besonders, wenn es um seine Arbeit ging. Wenn wir eine Sichtung machten, besorgte er uns die Proben aus der Schleuse. Jetzt macht Simon das." Sie nickte zu dem stillen Professor hinüber.

Irgendwas störte Victor an dem lockeren Plauderton der Frau. Er hakte nach.

„Hat sich Dr. Cromwell vor seinem Verschwinden anders verhalten als sonst?“ Seine Frage fuhr wie eine Böe durch die Gruppe und ließ sie unruhig werden.

„Nun, äh … ein wenig schon“, gestand Goldman mit einem verunsicherten Seitenblick.

„Werden Sie bitte konkreter“, forderte Victor, bemüht, freundlich zu klingen.

„Er begann allein zu arbeiten und blieb bis spät in die Nacht wach. Er verpasste gemeinsame Mahlzeiten im Speiseraum, weil er Schlaf nachholen musste oder in der Werkstatt arbeitete. Wissen Sie, ich hatte ein bisschen das Gefühl, dass er uns aus dem Weg ging!“ Ihre Stimme rutschte in einen lästernden Tonfall, den Victor nur von Mrs Sanders Teegesellschaften kannte. „Einmal war er sogar mit dem Navigator auf Tauchgang. Das hätte ich auch gern mal ausprobiert! Aber so tief unten, wie wir jetzt sind, sollen wir nicht mehr raus. Das hält die Tauchkammer nicht aus, sagt der Kapitän. Da frage ich mich auch, warum wir den Quatsch hier überhaupt machen, nicht wahr?“, zischte sie, und ihre weichen Gesichtszüge hatten etwas Hartes und Spitzes bekommen.

Victors Gänsehaut meldete sich wieder bei dem Gedanken. „Ja, die Sicherheit seiner Passagiere liegt dem Kapitän am Herzen. Kennen Sie ihn gut?“, hakte Victor nach.

„Den Kapitän? Es geht. Der ist ja viel auf der Brücke und heckt neue Routen aus, wo er uns hinführen will, damit wir unsere Forschung vorantreiben können.“

„Und funktioniert das? Haben Sie schon etwas Spannendes entdeckt?“

„Ja, tatsächlich! Wenn Sie wollen, können wir es Ihnen zeigen!“

Eine seltsame Mischung aus Verzückung angesichts dieser Neuigkeiten und Angst vor der Erinnerung an das schreckliche Auge ergriff ihn. „Das können Sie mir doch nicht vorenthalten!“, log er und wappnete sich innerlich für die Dinge, die jetzt kamen.

„Dann kommen Sie mal hier herüber und schauen Sie da hinein!“ Die rundliche Frau winkte ihn zu einem Mikroskop und Victor hielt die Luft an, als er durch das Okular blickte. Ein Haufen eingefärbter Zellen lag präpariert da und tat augenscheinlich nichts. Enttäuscht atmete er die angehaltene Luft wieder aus und dachte an Agnes und Francis Edwards, das ältere Ehepaar, das sich über die Belanglosigkeit der Tischgespräche des Teams beschwert hatte. In diesem Moment verstand er sie nur zu gut.

„Was für ein spannender Moment, an Ihrer Forschung teilhaben zu können. Erklären Sie mir doch bitte, um was es sich handelt!“ Er lächelte Dr. Goldman an.

„Das ist eine Algenart, die in diesen Tiefen eigentlich nicht gedeihen kann. Trotzdem haben wir sie in einer der Wasserproben nachgewiesen.“

Victor befürchtete, auf der Stelle vor Langeweile zu sterben. Er entschied, das Thema in eine interessantere Richtung zu lenken. „Halten Sie es für möglich, dass Dr. Cromwell eine Entdeckung gemacht hat, die er im Anschluss vor Ihnen verheimlichte?“

Das darauffolgende Schweigen dehnte den Moment in eine Ewigkeit und Victor spürte, dass er in ein Wespennest gestochen hatte.

„Nein“, sagte Prof. Stone und blickte seine Mitarbeiter vielsagend an.

In Nathaniel Smith jedoch brodelte es. Victor sah es ihm an der Nasenspitze an, und unbändige Freude ergriff ihn. Wenn er jetzt geschickt agierte, wäre der Fall vielleicht heute Abend schon gelöst!

„Ich kann mir vorstellen, dass er dadurch große Bedeutung in der Fachwelt erlangen würde. Meinen Sie nicht?“, provozierte Victor. Er befürchtete schon, das wäre zu plump gewesen, aber Dr. Smith stieg gänzlich darauf ein.

„Der Mann ist Tiefseebiologe und vertritt die Auffassung, dass es immer noch Meeressaurier gibt. Man müsse nur tief genug nach ihnen suchen. Er saß stundenlang da und hat ins Meer hinausgeglotzt. Nichts hat er in den ganzen Tagen entdeckt, das größer gewesen wäre als ein verdammter Mauseköttel. Es war lächerlich!“, platzte es aus Dr. Smith heraus. Victor rutschte vor Verzückung beinahe der Bleistift aus den Fingern. Und auch die anderen beiden sahen ihren Kollegen schockiert an.

„Dr. Smith, was fällt ihnen ein, so von Ihrem Kollegen zu sprechen?“, schoss sein Vorgesetzter zurück.

Auch seine Kollegin brüskierte sich: „Das kannst du doch nicht so sagen, Nathaniel!“

„Warum nicht? Es ist die Wahrheit!“, gab Dr. Smith unbeeindruckt zurück. Dieser Mann schien nichts zu verlieren zu haben.

„Aber das stimmt doch gar nicht“, versuchte Dr. Goldman zu widersprechen und fuchtelte mit ihren kurzen Armen in der Luft, als wollte sie jemandem in weiter Ferne winken.

„Doch, ich habe seine Aufzeichnungen gesehen!“, behauptete der Tiefseegeologe und lehnte sich selbstgefällig zurück.

„Welche Aufzeichnungen?“, fragte Prof. Stone hellhörig.

„Er hat alle seine kruden Ideen aufgeschrieben. Seitenweise.“

„Was stand darin?“, hauchte Prof. Stone alarmiert, noch bevor Victor etwas sagen konnte.

„Nichts davon ergab einen Sinn. Wildes Gekritzel. Er hat angeblich ein paar Tiefseelebewesen gesichtet, wollte mir aber nicht verraten, welche. Er hat gelogen.“ Smith zog die Nase hoch und sah abfällig zur Seite. Missgunst stand ihm ins Gesicht geschrieben.

„Können Sie mir diese Unterlagen zeigen?“, schritt Victor ein. Alle Augen richteten sich wieder auf Dr. Smith.

„Dr. Cromwell hat seine Unterlagen mitgenommen“, erwiderte er schulterzuckend.

„Was meinen Sie?“ Victor wusste nicht, wovon er sprach.

„Seit unserem Landgang auf Copperbay fehlen seine Aufzeichnungen“, setzte Prof. Stone ein.

Richtig, Miller und Dekama hatten davon erzählt, dass die Nautilus Noir auf einer Insel angelegt hatte.

„Also hat er sie mitgenommen?“, wiederholte Victor mehr für sich und biss gedankenverloren in das Ende des Bleistiftes, während sich eine Geschichte in seinem Kopf zusammensetzte.

„Das sagte ich gerade“, blaffte Dr. Smith und verschränkte ungehalten die Arme vor der Brust.

„Lassen Sie mich die Frage anders stellen: Hat Dr. Cromwell sein Verschwinden geplant?“, gab Victor mit einem schmalen Lächeln zurück.

„Das hat die Polizei auch schon gefragt. Wir wissen es nicht. Aber nachdem er weg war, fehlten auch einige Dinge aus dem Labor und eben auch seine Unterlagen“, schaltete sich Dr. Goldman wieder ein. „Ich dachte, Sie wurden von der Polizei beauftragt, den Fall aufzuklären. Wieso kennen Sie keine Details? Das haben wir doch schon alles zu Protokoll gegeben.“

Victor blinzelte. „Ein berechtigter Einwand, gute Frau. Allerdings ist es dem Mangel an Zeit geschuldet, dass keine umfangreiche Übergabe stattfand. Zudem erarbeite ich mir meine Entscheidungsbasis gern selbst.“

„Welche Entscheidung denn?“, vergriff sich Nathaniel Smith im Ton.

„Die Entscheidung, wen ich für verdächtig halte, Dr. Alistair Cromwell aus dem Weg geräumt zu haben“, gab Victor mit kalter Miene zurück und fügte hinzu: „Prof. Stone, kann ich Sie unter vier Augen sprechen?“

Der Professor nickte nur und bedeutete seinen Mitarbeitenden, den Raum zu verlassen.

„Ist das denn nötig?“, versuchte es Goldman noch, bevor der Professor sie ruhig, aber bestimmt nach draußen schob. Anschließend verschloss er die Schott-Tür hinter ihnen und drehte an dem Rad, um sie luftdicht abzuriegeln.

Dann wandte er sich Victor zu. „Entschuldigen Sie bitte das Verhalten der beiden. Ich denke, ihre Nerven sind etwas strapaziert durch die Umstände. Die momentane Situation verlangt uns einiges ab.“ Mit der Hand fuhr er sich über die verschwitzte Stirn und sank auf seinem Hocker zusammen.

„Ich verstehe. Wie geht es Ihnen denn damit?“, fragte Victor ruhig zurück und rutschte näher zu dem verzweifelten Professor.

Er hob langsam den Kopf und schaute mit müden Augen zu dem Detektiv auf. „Sie haben keine Vorstellung.“

„Leiden Sie an Albträumen oder Halluzinationen?“, fragte Victor in sachlichem Tonfall und hielt den Blick. Der Professor erschrak, verstand aber, dass Victor eingeweiht war, und nickte resigniert. „Bitte behalten Sie es für sich! Ich möchte nicht, dass jemand davon erfährt. Ich habe Angst, meine Stelle zu verlieren.“

„Wer weiß noch davon?“, forschte Victor nach.

„Nur die Ärztin. Sie hat versprochen, niemandem davon zu erzählen. Nicht mal dem Kapitän.“ Stone sah sich nervös um, als könnte ihn jemand belauschen.

„Das Versprechen hält sie nach wie vor. Ich habe lediglich kombiniert. Und haben Sie keine Sorge, Ihr Geheimnis ist bei mir sicher.“

Prof. Stone nickte, dann seufzte er und legte wieder das Gesicht in die Hände.

Er sah kümmerlich aus und Victor konnte sich schwerlich vorstellen, dass dieser Mann vor gefüllten Hörsälen seine Theorien und Forschungen lehrte. „Bekommen Sie von Dr.

Ashwood etwas gegen diese Sinnentäuschungen?“, setzte er seine Befragung fort.

„Sie hat ein Mittel gefunden, dass den Anfällen entgegenwirkt und die Albträume unterdrückt. Ich bekomme jeden Abend eine Injektion.“

„Haben Sie das Gefühl, dass es Ihnen hilft?“

„Ja, durchaus. Sie scheint mir sehr kompetent auf ihrem Gebiet.“

„Sind Ihnen Nebenwirkungen bekannt?“

„Nein, meine Zehen kribbeln meist ein wenig. Aber sonst vertrage ich es sehr gut. Sind Sie ebenfalls betroffen?“

„Nein, aber ich habe durch Zufall davon gehört, dass es Fälle an Bord gibt“, log Victor souverän. Wer würde ihn für glaubhaft halten, wenn herauskäme, dass er jeden Tag und jede Nacht an Bord durchdrehte?

„Wissen Sie von anderen Betroffenen?“

„Nicht wirklich. Dr. Ashwood sagte, sie habe Fälle beobachten können und daraufhin angefangen, nach einer Therapieform zu suchen.“

„Sie ist wirklich eine gute Schiffsärztin.“ Victor räusperte sich und fuhr fort: „Haben Sie eine Ahnung, wohin Dr. Cromwell verschwunden ist?“

Prof. Stones Gesicht war von Sorgenfalten durchzogen. „Ich habe keine Idee, was ihm zugestoßen sein könnte. Wir haben am Samstag gemeinsam das Schiff verlassen, beim Landgang. Es war eine kleine Insel vor der Westküste, namens Copperbay. Keine tausend Einwohner, aber bekannt für ihren Tourismus. Dr. Goldmann und Dr. Smith waren mit uns unterwegs, wir haben ein gutes Lokal aufgesucht und gemeinsam gegessen. Es war gesellig, wir hatten ein paar Gläser Wein und einen wirklich entspannten Nachmittag. Alistair entschuldigte sich kurz darauf, er habe Kopfschmerzen und wolle sich in einer Pharmazie ein Mittel besorgen und anschließend früh schlafen gehen. Er wollte vorgehen zum Schiff und sagte, wir würden uns zum Frühstück wiedersehen. In alter Frische. Wir besuchten noch ein Lichtspielhaus im Ort und machten uns dann auf den Rückweg. Ich habe mir keine Gedanken gemacht, dass Alistair nicht auf das Schiff zurückgekehrt sein könnte. Als wir am nächsten Morgen in den Speiseraum kamen, machten wir uns noch keine großen Sorgen. Ich ging später am Vormittag zu seinem Zimmer, um nach ihm zu schauen. Und da fehlte von ihm jede Spur."

„Lag die Nautilus Noir zu diesem Zeitpunkt noch vor Anker?"

„Ja. Wir wollten um zwölf Uhr wieder ablegen. Aber der Kapitän ließ die Mannschaft ausschwärmen, erst das Schiff und anschließend die Stadt absuchen. Aber weder an Bord noch in der Stadt gab es eine Spur von Alistair Cromwell. Zuletzt sah man ihn mit uns im Restaurant. Danach galt er als verschollen, also zumindest an Bord der Nautilus Noir. Die ansässige Polizei nahm den Fall zwar auf, verweigerte aber ihre Hilfe, da sie vermutete, dass Alistair sich vielleicht in einem Etablissement abgesetzt haben könnte. Eine lachhafte Vorstellung, wenn man ihn besser kennt."

„Wie meinen?"

„Alistair Cromwell ist der letzte Mensch, der seine Arbeit vernachlässigen würde, besonders für weltliche Ablenkungen. Wenn Sie verstehen, was ich meine."

Victor zuckte mit den Schultern. Natürlich hatte er eine Vorstellung, was der Professor meinte. Schließlich teilte er sich die Etage bei Mrs Sanders gleich mit mehreren Prostituierten.

„Er hatte nie eine Partnerin oder einen Partner. Wir hatten eher die Sorge, er wäre überfallen worden. Aber die Polizei legte uns nahe, seine Kabine zu überprüfen. Wir stellten fest, dass einige Gegenstände fehlten. Unter anderem seine Aufzeichnungen und Kleidung. Es sah so aus, als habe er geplant, das Schiff zu verlassen, weshalb die Polizei ihre Untersuchungen einstellte, und wir weiterfuhren. Der Kapitän vertrat die Meinung der Polizei, und es dauerte einen ganzen Tag, bis wir ihn davon überzeugen konnten, dass etwas vorgefallen sein musste. Die Besatzung konnte während der Fahrt nicht noch mal intensiv suchen. Deshalb gingen wir in Ironhaven vor Anker und die Polizei wurde wieder eingeschaltet. In Rücksprache mit der Polizei von Copperbay nahmen sie die Untersuchung auf und ermittelten gezielter. Sie befragten alle an Bord und stellten das ganze U-Boot auf den Kopf, um einen Hinweis auf den Verbleib des Vermissten zu finden. Doch sie kamen zum gleichen Ergebnis wie ihre Kollegen zuvor. Dr. Alistair Cromwell hatte das Schiff verlassen."

Victor sah von seinem Notizbuch auf. „Was ist Ihre persönliche Meinung? Was glauben Sie, wo Dr. Cromwell abgeblieben ist?"

„Ich habe keine Ahnung, aber ich kann mir keinen Grund vorstellen, weshalb er auf Copperbay hätte bleiben sollen."

„Hatte er Feinde?"

„Feinde? Meinen Sie, es könnte Mord sein?" Die Gesichtszüge des Professors wirkten noch verzweifelter, als sich dieser Gedanke in seinem Kopf manifestierte.

„Ich möchte keine Option übersehen. Also, was meinen Sie?"

Simon Stone seufzte. „Ich kann mich nicht daran erinnern, dass jemand mit ihm aneinander gerät. Er ist so ein umgänglicher Zeitgenosse, zurückhaltend, höflich. Gewissenhaft in seiner Arbeit …"

„Wie beurteilen Sie das Verhältnis zwischen Dr. Cromwell und Dr. Smith?"

Stone überlegte einen Moment, bevor er antwortete: „Sie waren gute Kollegen."

„Dr. Smith schien etwas empfindlich auf die Forschungen seines Kollegen zu reagieren, meinen Sie nicht?", fragte Victor mit Nachdruck. Sein Gegenüber war ihm eindeutig zu höflich.

„Er würde niemals handgreiflich werden!", versuchte der Professor, seinen Mitarbeiter in Schutz zu nehmen.

„Das habe ich auch nicht gesagt. Wir beleuchten hier nur alle Optionen."

„Nathaniel hat ein aufbrausendes Gemüt. Das kann ich nicht leugnen. Aber alle drei meiner Mitarbeitenden sind Koryphäen auf ihren Gebieten und stehen nicht in direkter Konkurrenz miteinander. Ich wüsste nicht, was das Motiv sein sollte?"

„Wie ist Ihre Nachfolge an der Universität geregelt?“, warf Victor ein und beobachtete die Reaktion des Professors.

Schrecken weitete dessen Augen und er verhaspelte sich. „Was? Nein, um Gottes Willen! Ich werde noch mindestens zwanzig Jahre diesen Lehrstuhl innehaben.“

„Und im Falle Ihres Todes?“, fragte Victor völlig ungerührt.

„Meines … Todes?!“ Der Professor griff sich an die Brust.

„Ich will hier nichts andeuten! Kein Grund zur Beunruhigung. Ich möchte nur keine Option übersehen“, log Victor ohne schlechtes Gewissen.

Der Professor sah betreten zu Boden, die letzte Kraft wich aus seinem Körper. „Im Falle meines Todes, wird die Stelle frei und die Nachfolge ginge wahrscheinlich an … jemanden aus dem Forschungsteam“, sagte er resigniert. Selbstgefällig notierte Victor ein mögliches Motiv und kreiste es ein. Sein Bleistift brach dabei ab.

„Oh, hätten Sie vielleicht einen Anspitzer für mich?“ Victor fiel zu spät auf, wie fröhlich er klang, aber Stone griff wie ferngesteuert in ein Schubfach und reichte Victor einen metallischen Anspitzer in Form einer Muschel.

„Das ist ein hübscher Anspitzer.“ Victor versuchte, seine gute Laune zu verbergen, als er das blasse Gesicht des Mannes sah.

„Sie … Sie können ihn behalten“, stammelte der Professor. Wahrscheinlich sah er vor seinem inneren Auge bereits Dr. Smith des Nachts auf ihn lauern.

„Na, jetzt machen Sie sich mal keine Gedanken, dass heute Nacht jemand mit einem Messer an Ihrem Bett steht! Sie vertrauen Ihrem Team doch. Sehr wahrscheinlicher wird es sein, dass Dr. Cromwell sich auf Copperbay abgesetzt hat, nicht wahr?“

„Ich … ähm …“ Stone brach ab. Victor kratzte sich verlegen am Hinterkopf, dann suchte er nach einer Ausrede, um gehen zu können.

„Ach herrje, es ist ja gleich schon vier Uhr. Wenn Sie mich entschuldigen, ich habe eine Verabredung. Guten Tag!“ Der Detektiv stand auf und machte sich an der Tür zu schaffen. Er ließ einen zutiefst zerstörten Professor inmitten seiner Apparaturen zurück. Von den beiden Angestellten fehlte jede Spur.

7. Kapitel

Isabella saß in einem Sessel nahe der Tür und las in einem Buch, als Victor den Salon betrat. Sie nickte ihm stumm zu und erhob sich. Ein silbernes Tablett stand auf dem Buffetschrank in der Nische bereit und sie ging hinüber, um es mitzunehmen. In unmittelbarer Nähe saßen Dr. Smith und Dr. Goldman, die sofort fragte: „Sind Sie fertig mit Ihrer Befragung?“

„Allerdings. Sie können zu Ihrer Arbeit zurückkehren. Danke“, antwortete Victor generös und wandte sich Isabella zu.

„Ms Brasswright, wie schön, dass Sie mich bereits erwarten. Wohin gehen wir?“, deutete er ihre Aufbruchsstimmung.

„Zu Kapitän Dekama. Er bestand darauf, bei der Unterredung dabei zu sein.“

„Meinetwegen“, sagte Victor und folgte Isabella, die das Tablett mit Kännchen und Tassen problemlos durch die engen Türen bugsierte. Kurz darauf fand er sich vor einer Tür auf der ersten Etage wieder, die er noch nie gesehen hatte. Der gesamte Gang war neu für ihn. An der Tür stand in geschwungenen Lettern „Kapitän Robert N. Dekama“.

„Wofür steht das N?“, fragte Victor beiläufig.

„Nemo“, erwiderte Isabella, während sie versuchte, das Tablett auf einer Hand zu balancieren.

„Kapitän Nemo?!“ Ungläubig blickte Victor zwischen Schild und Mechanikerin hin und her. Das musste ein Scherz sein!

„Haben Sie nie Jules Verne gelesen?“, fragte Isabella ungerührt und straffte sich.

„Bei allen guten Geistern. Natürlich habe ich Jules Verne gelesen!“, empörte er sich.

„Na dann …“ Isabella beendete das Gespräch jäh, indem sie mit der freien Hand fest anklopfte. Fast im selben Moment öffnete Dekama und bat sie herein. Er trug seine übliche Uniform mit den vielen Stickereien und glänzenden Knöpfen. Victor und der Kapitän nahmen auf zwei Lehnstühlen Platz, während Isabella auf einem Hocker an der Wand saß. Dekama begann, seinen Gästen Tee einzuschenken, und Victor war sehr beeindruckt von der Größe des Zimmers. Das Bett war hochgeklappt, wodurch der Raum noch geräumiger wirkte. Es gab einen schmalen Kleiderschrank und sogar ein Waschbecken von der Größe einer Dessertschüssel in der Wand, nebst Spiegel und einem der gleichen runden Bullaugen, die in das absolute Nichts glotzten.

„Mr Blackwell, wie kommen Sie mit den Ermittlungen voran?“, begann der Kapitän ohne Umschweife. Victor hatte diese Frage befürchtet, jedoch hatte er keine zufriedenstellende Antwort parat.

„Wenn ich ehrlich sein darf, habe ich keine Ahnung, was an Bord der Nautilus Noir vor sich geht. Dr. Alistair Cromwell scheint auf Copperbay abhandengekommen zu sein, ohne sich zu verabschieden. Was die Zwischenfälle betrifft, halte ich die übrigen Passagiere für verdächtig. Es gibt einige Indizien, die in die eine oder andere Richtung weisen, mir allerdings auch widersprüchlich erscheinen. Es fehlen zurzeit noch konkrete Beweise für die dünnen Motive. Ich bin noch nicht zufrieden mit den Ergebnissen und denke, es ist zu früh, um Verdächtigungen auszusprechen. Ich hätte aber noch Fragen, wenn Sie mir diese erlauben?“

Dekama nickte grimmig und führte seine Tasse zum Mund, abwartend. Er war die Ruhe in Person, wirkte durchdacht in allem, was er tat.

„Wer ist von den Halluzinationen betroffen?“, stellte Victor die Frage, die ihm am meisten unter den Nägeln brannte.

„Vorab, ich halte es durchaus für möglich, dass es noch mehr Betroffene geben könnte, allerdings mit milderem Verlauf, sodass sie es noch nicht als notwendig erachtet haben, die Schiffsärztin zu konsultieren. Bisher wurden mir fünf Fälle gemeldet: Mrs Matilda Singh, Prof. Simon Stone, Dr. Lydia Ashwood, Mr Edward Walker und Sie, Mr Victor Blackwell.“

Aus dem Augenwinkel nahm Victor wahr, wie Isabella mit großen Augen die Teetasse sinken ließ. „Mr Blackwell auch? Wie kann das sein? Er ist doch kaum zwei Tage an Bord?“, mischte sie sich ein und Victor starrte zurück. Wieso wusste diese Frau davon?

„Ja, Lydia hat mir heute Morgen Bericht erstattet. Wie es aussieht, reagiert Mr Blackwell äußerst sensibel auf den Ätherkristall. Und es ist besorgniserregend, dass er das Gegenmittel nicht verträgt. Das bedeutet, die folgende Nacht wird nicht sehr erholsam für ihn“, entgegnete der Kapitän und Victor fühlte sich, als wäre er ein Kind, über das gesprochen wurde.

„Lydia hatte mich über einen weiteren Fall informiert und dass sie meine Hilfe bräuchte. Aber nie wäre ich auf die Idee gekommen, dass es für Mr Blackwell sein könnte.“

Victor kam sich vor, als wäre er nicht körperlich anwesend. Wovon sprach sie?

Er räusperte sich. „Bei Mr Walker handelt es sich um den Steuermann, wenn ich nicht irre?“, machte er auf sich aufmerksam.

„Ja, das ist korrekt“, antwortete Dekama und sah ihn wieder an.

„Dann sollte er von den nächtlichen Halluzinationen besonders stark betroffen sein, oder?“

„Allerdings. Das Gegenmittel von Dr. Ashwood leistet ihm ganz gute Dienste, zudem hat unsere Mechanikerin noch einen Beitrag beigesteuert, der auch Ihnen den Aufenthalt an Bord erleichtern wird. Isabella, wären Sie so freundlich?“

Isabella nickte und stellte ihre Teetasse zurück auf das Tablett. Sie griff in die Innentasche ihrer Weste und zog einen klobigen Gegenstand heraus, der nicht größer war als ihre Faust. Sie hielt Victor ein Knäuel aus Messing und Bändern hin, und er nahm es entgegen.

„Was ist das?“, fragte er und beäugte es von allen Seiten. Es sah aus wie eine Mischung aus einer halben Schweißerbrille, einem Monokel mit geschliffenem Glas und der Tentakeldekoration an den Zimmerdecken. Die Bänder dienten eindeutig dazu, es am Kopf zu befestigen.

„Ich nenne es ein Ätherglas“, sagte Ms Brasswright lächelnd und deutete auf das Glas, das als Linse fungierte.

„Es ist im Grunde nur Bleiglas von einem der Whiskeygläser aus der Bar, ich habe es mit einer Batterie unter Strom gesetzt. Sehen Sie den Schalter an der Seite? Und mit Lederriemen isoliert, damit es den Strom nicht leitet.“

„Wofür ist es gut?“

„Ach so, Bleiglas spaltet weißes Licht in einem breiteren Spektrum auf als normale Prismen. Da es sich bei den Halluzinationen um Trugbilder handelt, die das Gehirn in normal wahrgenommene Realität hinein… na ja, nennen wir es mal hineininterpretiert, wird diese Wahrnehmung gestört und der Träger oder die Trägerin des Ätherglases kann durch die Sinnestäuschungen hindurchschauen. Durch die elektrische Spannung wird dieser Effekt noch verstärkt und Sie können ab jetzt Halluzination und Realität auseinanderhalten. Ich habe es mit unserem Steuermann gemeinsam entwickelt. Seit er es trägt, sind seine Nächte auf der Brücke deutlich entspannter. Probieren Sie es mal an!“, forderte Isabella ihn auf. Victor tat, wie ihm geheißen. Isabella trat zu ihm, um mit den Lederriemen zu helfen und den korrekten Sitz vor dem Auge zu kontrollieren.

„Fühlen Sie das hier? Das ist der Schalter.“ Sie führte seinen Finger an den runden Knopf an der Seite und er betätigte ihn. Augenblicklich zerfiel die Raumansicht in ein buntes Spektrum aus Farben, während sie zuvor nur durch den Schliff des Glases gedoppelt wurde. Victor kniff das rechte Auge ohne Ätherglas zu. Er konnte die Umrisse der Gegenstände und Personen wahrnehmen, hatte aber zeitgleich das Gefühl, dass alles wie ein Regenbogen auseinandergezogen und vervielfacht wurde. Er hob eine Hand, versuchte, den Tisch zu berühren, und griff daneben.

„Sie benötigen das Auge ohne Ätherglas zum Schauen, sonst laufen Sie irgendwo gegen. Es funktioniert leider nicht wie eine Brille, die Ihre Sicht verbessert. Eher im Gegenteil. Aber es desillusioniert die Halluzinationen“, erklärte Isabella noch einmal und vollführte eine Handbewegung wie ein Jahrmarktmagier bei seinem besten Trick.

„Vielen Dank“, sagte Victor und meinte es ehrlich. In ihm keimte die kleine Hoffnung, dass die kommende Nacht ihn nicht über den Rand des Wahnsinns schubsen würde.

„Nachdem das geklärt ist, kommen wir zu dem eigentlichen Grund, weshalb ich Sie hierherbestellt habe“, sprach Dekama mit ernstem Blick weiter. „Wir werden diese Reise nicht so fortführen können wie bisher. Ms Brasswright sagt, der Ätherkristall hat sich zwar einigermaßen beruhigt, aber langfristig ist mir als Kapitän das Risiko zu groß, das ein Unfall für alle Menschen an Bord birgt. In dieser Tiefe kann uns niemand bergen. Es gibt kein U-Boot, dass die Nautilus Noir erreichen könnte, falls etwas passiert.“

„Gibt es denn jetzt einen plausiblen Grund für die Vakuumschwankungen?“, fragte Victor dazwischen und beide Männer schauten die Mechanikerin an.

„Nein. Ich kann es nicht erklären. Nicht technisch. Und dass jemand aus der Crew manipuliert, kann ich mir nicht vorstellen. Die anderen haben keinen Zutritt. Besonders nicht, seit unser Funker Lars die meiste Zeit den Kristall bewacht.“

Kapitän Dekama stellte seine Tasse ab und fuhr sich nachdenklich durch den grauen Bart. „Ich glaube auch nicht, dass wir dieses Mysterium noch klären werden. Aber ich plane, bis morgen Abend in eine Tiefe von fünfhundert Metern aufzusteigen. Das Forschungsteam werde ich morgen früh darüber in Kenntnis setzen. Sie müssen ihre Forschungen im Bereich der Tiefsee bis dahin abschließen und können im Umkehrschluss wieder Tauchgänge machen. Der Steuermann ist bereits informiert und alles im Logbuch vorgemerkt. Er ist dann auch ohne mein Zutun in der Lage, zu navigieren, sollte es zu einem Unfall kommen. Und Ms Brasswright natürlich auch.“ Er lächelte der jungen Frau väterlich zu, aber sie bekam es nicht mit. Das Flackern der Lampe über ihren Köpfen lenkte sie ab. Es war nur ein kurzer Moment, dann leuchtete die Glühbirne gleichmäßig weiter. Victor hingegen fand, das Annähern an die Wasseroberfläche klang wie Musik in seinen Ohren.

„Haben Sie noch weitere Fragen, Mr Blackwell?“, fügte der Kapitän an, er wollte die Zusammenkunft beenden.

„Ja, eine letzte noch: Wer hat Ihrer Meinung nach einen Vorteil davon, Dr. Cromwell verschwinden zu lassen?“

„Das hat mich die Polizei auch gefragt. Und ich hatte gehofft, Sie könnten uns diese Frage beantworten. Denn ich kann es nicht.“ Mit dieser Antwort hatte Victor nicht gerechnet und es war das Letzte, was er hören wollte.

„Halten Sie es für möglich, dass sich ein blinder Passagier an Bord befindet?“, versuchte es Victor mit einer abwegigen These. Kapitän Dekama zog die Augenbrauen zusammen und dachte über die Frage nach.

„Ich halte es für unwahrscheinlich. Die Polizei von Ironhaven und meine Mannschaft haben die Nautilus Noir mehrere Male intensiv durchsucht. Niemand hat einen Beweis dafür gefunden, dass sich jemand an Bord befindet, der nicht hierhergehört."

Victor seufzte und verabschiedete sich, um in sein Zimmer zurückzukehren.

Victor erschien spät zum Abendbrot. Es gab eine Bouillabaisse, die ihresgleichen suchte. Die Suppe aus Fisch, Muscheln und Gemüse war so gut, dass Victor zwei Mal nachnahm. Dafür kapitulierte er beim Nachtisch und Isabella erbte glücklich summend sein Stück Früchtebrot mit Schlagsahne. Victor beobachtete die Menschen im Speiseraum. Der Kapitän saß allein an einem Tisch in der Ecke und blätterte beim Essen in einem dünnen Heft mit Aufzeichnungen. Besonderes Augenmerk legte Victor auf die Personen, die ebenfalls unter den Sinnestäuschungen litten. Dr. Ashwood unterhielt sich mit dem älteren Ehepaar, das bei seiner Befragung schon so übellaunig gewesen war. Aber jetzt schienen alle drei entspannt zu sein. Victor wusste, dass die Ärztin bereits die abendliche Dosis des Gegenmittels verabreicht hatte, es gab also überhaupt keinen Grund für die meisten von ihnen, nicht entspannt zu sein. Der Steuermann saß wieder mit den Reed-Geschwistern zusammen, er wirkte nach wie vor müde, aber nicht gehetzt, wie es Victor mit seinem jetzigen Wissen vielleicht vermutet hätte.

Nur Prof. Stone sah gestresst aus. Immer wieder blitzten seine Augen zwischen den beiden verbliebenen Mitgliedern seines Forschungsteams hin und her, vermutlich wägte er ab, wer ihm mehr nach dem Leben und der Professur trachtete. Dabei war es nur ein alberner Versuch Victors gewesen, die saloppe Äußerung des Concierge zu validieren. Vielleicht interpretierte Dupont mehr in das Dienstverhältnis des Forschungsteams hinein, als am Ende zu beweisen war. Die junge Frau Singh, in anderen Umständen, tat ihm fast leid. Müde und blass saß sie vor ihrem unangetasteten Essen. Ihr Mann beugte sich zu ihr hinüber und flüsterte ihr etwas ins Ohr, woraufhin sie nickte und sich mühsam ein paar kleine Bissen Früchtebrot hineinquälte. Victor vermutete, dass die Halluzinationen bei ihr vergleichsweise spät begonnen hatten, sonst hätte das Paar vermutlich in Copperbay das Schiff verlassen. Denn gewiss hätte ihr Ehemann sie nicht diesem Stress ausgesetzt, wenn es einen Ausweg gegeben hätte. Und der finanzielle Aspekt einer alternativen Heimreise galt bei diesen beiden mit Sicherheit nicht. Victor war erleichtert, dass es eine Erklärung für die Sinnestäuschungen gab und er mit diesem Schicksal nicht allein war. Noch besser hätte er es gefunden, wenn die Ärztin ihn ebenfalls hätte behandeln können. Aber eine tägliche Amnesie war wenig zielführend bei seiner Aufgabe hier. Er ging noch mal alle anwesenden Mitglieder der Crew durch. Wenn Jeb in der Küche war, waren alle weiteren zehn Besatzungsmitglieder hier versammelt. Dann stutzte er, die Besatzung bestand aus zwölf Personen. Wieder zählte er alle Anwesenden durch.

„Ms Brasswright, wo ist der zweite Offizier?“, fragte er schließlich, während ihm etwas den Rücken hinaufkroch und sich wie eine klamme kalte Decke um seine Schultern legte. Es war das altbekannte ungute Gefühl, das ihn nie getäuscht hatte. Isabella kaute an ihrem Kuchen und antwortete mit vorgehaltener Hand: „Hat meist Dienst, wenn alle anderen essen.“

„Wo finde ich ihn jetzt?“ fragte Victor, nahm bereits die Serviette vom Schoß und schob seinen Stuhl zurück.

„Auf der Brücke.“

„Das haben Sie bisher nicht erwähnt!“ Schon setzte er sich in Bewegung. Den Schatten einer bösen Vorahnung nahm er mit.

„Ich habe es vergessen!“, rief Isabella hinter ihm her. Einige Köpfe sahen dem Detektiv hinterher.

Victor stürzte die Treppe zur Brücke hinauf, die Luke war geschlossen und er klopfte mit aller Kraft. Es tat sich nichts auf der anderen Seite. Er klopfte noch mal und rief. Dann zog und schob er an dem Rad in der Mitte der Luke, es bewegte sich keinen Zentimeter. Hinter sich hörte er Schritte und wandte sich um. Isabella Brasswright kam auf ihn zu gehastet.

„Ms Brasswright, die Tür ist verschlossen und niemand reagiert auf mein Klopfen!“, rief er von oben und kam wieder hinuntergestiegen.

„Vielleicht ist sie eingeschlafen. Lassen Sie es mich hiermit versuchen“, sagte Isabella und zog die Schlüsselkette aus ihrem Hemd. Sie erklomm die Sprossen und steckte den Schlüssel ins Schloss, bekam ihn aber nicht herumgedreht. Sie legte beide Hände an das Rad und drehte mit ganzer Kraft. Mühsam ließ sich das Rad bewegen.

„Helfen Sie mir, das Rad klemmt!“, forderte sie Victor auf. Er kletterte wieder hinauf und quetschte sich neben die Frau. Mit vereinten Kräften konnten sie die Luke öffnen. Metall rieb ächzend auf Metall, abgestandene Luft erwartete sie auf der anderen Seite. Der Detektiv stieg als Erster nach oben und blinzelte in das schummrige Licht, das die Brücke unheilvoll beleuchtete. Hinter dem goldenen Berg von Armaturen, der in der Mitte des Raumes thronte, ragten zwei dunkle Stiefel hervor. Als Victor um den massiven Maschinenblock herumschritt, erblickte er den leblosen Körper einer ihm fremden Frau auf dem Boden liegen. Ihre Augen waren geschlossen, ihr Gesicht reglos und unheimlich starr. Er kniete neben ihr nieder und suchte mit klammen Fingern nach ihrem Puls. Sein Herz schlug schneller, gegen die unheilvolle Ahnung kämpfend. Ein kalter Schauer rann ihm das Rückgrat hinab.

Victor fand keinen Puls am Handgelenk der Frau.

„Julie!“ Isabellas erschrockener Ruf hallte in der Kuppel des Raumes wie in einer Kirche wider. Sie hockte sich neben die Frau am Boden, nahm ihren Kopf zwischen die Hände, als wollte sie sie aufwecken. Isabella ließ aber fast zeitgleich von ihr ab und ein verzweifeltes Keuchen entfuhr ihr. Die Fingerkuppen ihrer rechten Hand waren blutig. Wo kam das Blut her? Victor war es zuvor auf dem dunklen Boden überhaupt nicht aufgefallen. Jetzt fiel ihm auch der unnatürliche Eisengeruch auf, der nicht von den Maschinen stammte, sondern von der Kopfverletzung der leblosen Frau. Isabellas Augen weiteten sich vor Entsetzen und ihr Körper wurde von einem erstickten Schluchzer gepackt. Victor wechselte auf der Suche nach ihrem Puls zum Hals und presste die Fingerspitzen immer verzweifelter in die weiche Haut unterhalb des Kiefers. Er flehte innerlich nach einem Lebenszeichen, nur einem Anhaltspunkt dafür, dass sie nicht zu spät gekommen waren. „Holen Sie Dr. Ashwood!“, wies er die Mechanikerin mit rauer Stimme an. Sie sprang auf und verschwand in Windeseile durch die Luke. In seiner Verzweiflung versuchte er es mit ein paar Ohrfeigen, um die fremde Frau aufzuwecken. Aber alles ohne Erfolg. Sie war tot. Victor ließ von ihr ab. Ihr blasses Gesicht und die Blutlache unter ihrem Kopf waren ihm bei der mangelnden Beleuchtung zuerst nicht aufgefallen, jetzt konnte er sie nicht mehr übersehen. Die Stille im Raum wurde plötzlich unangenehm laut und die Dunkelheit um ihn und das Schiff waren nicht auszuhalten. Plötzlich hatte er das Gefühl, dass das Blut auf dem Boden sich bewegen würde. Nicht nur fließen, sondern so, als wollte es sich aufbäumen. Kälte kroch seine Arme und Beine hinauf. Mit zittrigen Händen schob er sich ein Stück von der Leiche weg. Grauen und Erinnerungen stiegen hoch und schlugen ihre scharfen Klauen in seine Psyche. Das war nicht gut. Er durfte sich nicht darin verlieren. Einatmen, ausatmen. Mit Daumen und Zeigefinger riss er fest an der Haut seines Oberarms. Der Schmerz half.

Victors Blick inspizierte den Raum, alles war in Ordnung. Die Kleidung der Frau und ihr Gesicht waren unversehrt.

Ihr braunes Haar war zu einem straffen Knoten im Nacken gebunden. Sie trug eine dunkle, hochgeschlossene Uniform, die der des Kapitäns ähnlich war, schlicht, aber formell. Victor kontrollierte ihre Hände und Fingernägel. Sie waren sauber und gepflegt. Nichts deutete auf einen Kampf hin. Also lag die Vermutung nahe, dass sie sich gestoßen hatte. Er suchte nach einem Hebel oder Vorsprung, der bei einem Aufrichten im Weg gewesen wäre, fand auf Anhieb aber nichts. Er kontrollierte nochmals den Puls am Hals – nichts. Die Wunde am Hinterkopf blutete nicht übermäßig. Die Stille endete jäh, als Dr. Ashwood die Brücke betrat.

„Oh Gott, Julie!“, rief sie. Ihre Stimme war atemlos und erstickt, als sie sich über den leblosen Körper beugte. Ihre Finger tasteten fieberhaft nach dem Puls der jungen Frau und fanden genauso wenig ein Lebenszeichen wie Victor zuvor. Ein Schluchzer erklang, leise und resigniert, und die Sekunden krochen dahin wie kleine Unendlichkeiten. Dann folgte ein Räuspern. Fast schlagartig kehrte ihre Professionalität zurück und sie stellte Fragen. Victor beschrieb nur kurz, wie er die Frau gefunden hatte, und nahm dann Abstand, damit die Ärztin ihrer Arbeit und ihrer Trauer nachgehen konnte. Auch Isabella hatte sich wieder auf der Brücke eingefunden, begleitet von Kapitän Dekama. Er hatte gemeinsam mit seiner Mechanikerin die Anzeigen und den Kurs geprüft. Jetzt war es an Victor, ausführlich zu schildern, was passiert war. Auch im Gesicht des Kapitäns spiegelten sich Betroffenheit und eine ganze Reihe anderer Emotionen wider.

Irgendwann raschelte der Totenschein und der Kapitän setzte seine Unterschrift.

„Kapitän, bitte erlauben Sie mir die Frage: Wo befindet sich das Logbuch?“ Der Blick des Mannes glitt zu einer Ablagefläche, die Victor an einen Notenständer erinnerte. Er schritt zögerlich hinüber zu einem unscheinbaren Fach in der angrenzenden Armatur. Dekama ballte die leere Faust, die mit einem dumpfen Knall auf die Ablagefläche aufschlug.

„Finden Sie diesen Mistkerl, der mir die Leute aus dem Weg räumt!“, raunte Dekama. Wütend sah er auf die Spiegelung des Raumes vor der unendlichen Schwärze des Meeres.

8. Kapitel

Die tote Frau namens Julie Ferrier wurde mühsam durch die enge Luke hinabgelassen. Isabella und Victor halfen der Ärztin, die Leiche etwas ungelenk hinab auf die zweite Etage und in das Kühllager zu bringen. Der eisige Stahlboden der luftdichten Kammer war exakt für diesen Zweck konzipiert worden. Isabella hatte gehofft, dass er nie benutzt würde. Leblose Körper, die als Überreste aufbewahrt werden mussten, um sie den Familien zu übergeben. Ohne ein Wort kehrten sie zurück auf die erste Etage und ließen sich in der hintersten Ecke des leeren Salons nieder. Alle anderen, Passagiere und Besatzung, waren angewiesen worden, in ihre Kabinen zu gehen und sich einzuschließen. Victor hoffte inständig, dass es morgen früh keine weitere Leiche gab. Der Salon lag dunkel und still vor ihnen.

Der Detektiv ließ sich mit einem erschöpften Seufzer in eines der schweren Polstermöbel fallen, während Isabella sich der Bar zuwandte. Die schwachen Lichter flackerten über die Messingbeschläge der Wände, als sie zwei Gläser mit Whiskey einschenkte. Sie reichte Victor eines und fiel erschöpft neben ihm in den Sessel. In einem Zug stürzte sie den Schnaps hinunter, ein Versuch, den bitteren Geschmack der Ereignisse auszulöschen. Victor hingegen stellte sein volles Glas auf einen der Beistelltische und beobachtete Isabella, die reglos auf einen Fleck am Boden starrte. Er gab ihr Zeit, ließ sie sich in der Stille verlieren, während seine Gedanken fieberhaft arbeiteten. Er versuchte, ein Muster hinter den Vorfällen zu erkennen. Ein

Puzzleteil entglitt ihm. Gab es eine Verbindung zwischen den Halluzinationen und dem Mord? Oder den Morden, wenn man davon ausgehen musste, dass auch Dr. Cromwell dem Mörder zum Opfer gefallen war? Jemand an Bord des Schiffes hatte mindestens ein Menschenleben auf dem Gewissen. Nach einer scheinbaren Ewigkeit stand die Mechanikerin auf, schenkte sich nach und ließ sich wieder schwer in den Sessel sinken. Der Lederhandschuh an der linken Hand schien fest mit ihr verwachsen zu sein, und die Kopfwunde der Toten hatte dunkle Blutflecken auf ihrem Hemd hinterlassen. Bisher hatte er sie nicht als Verdächtige erwogen.

„Ms Brasswright?“, flüsterte Victor, um sie nicht zu erschrecken. Ihr leeres Glas balancierte auf der Armlehne. Doch sie rührte sich nicht, ihre Augen wirkten vollkommen leer.

„Ms Brasswright?“, wiederholte er mit Nachdruck.

Da blinzelte sie endlich, als käme sie aus irgendwelchen tiefen Sphären zurück.

„Ja?“ Ihre Stimme klang hohl.

„Wie geht es Ihnen?“, fragte Victor und suchte ihren Blick.

Sie sah ihn nur ausdruckslos an. „Warum sind Sie nicht mehr bei der Polizei?“

Die Frage traf Victor wie ein Schlag, aber sie hielt seinen Blick fest. „Das soll nicht Ihre Sorge sein, Ms Brasswright“, entgegnete Victor kühl. Die Rollen waren klar verteilt, er stellte die Fragen, nicht andersherum. Isabella zuckte die Schultern. Keine Entschuldigung, keine Reue.

Dann sprach sie weiter und drehte dabei das Glas auf der Armlehne wie ein Zahnrad um sich selbst. Ein Zahnrad in einem komplexen Mechanismus, der nur darauf wartete, aus dem Ruder zu laufen.

„Wissen Sie, was ich mich die ganze Zeit frage?“ Ihre Stimme war nur noch ein heiseres Flüstern. „Ob nicht doch jemand aus der Besatzung dahintersteckt. Seit Sie mich gefragt haben, beschäftigt mich dieser Gedanke. Ich bin gut im Umgang mit Maschinen, aber nicht mit Menschen. Also, ich versuche es. Aber oft entzieht sich mir die Logik. Ich dachte, ich kenne meine Leute. Ich habe ihnen immer vertraut. Vielleicht war das einfacher, als zu hinterfragen. Aber heute … jemand aus meiner Crew?“ Diese Erkenntnis lastete schwer auf ihren Schultern. Als sie fortfuhr, rutschte Victor auf seinem Sitz nach vorn. „Vielleicht irre ich mich doch öfter, als alle denken. Wenn ich mich in den Menschen irre, dann vielleicht auch bei den Maschinen. Vielleicht habe ich einen Fehler bei der Konstruktion gemacht, der das Leben aller Menschen an Bord gefährdet. Vielleicht ist der Ätherkristall doch eine Nummer zu groß für mich, und jetzt werden alle wahnsinnig und sterben, weil ich versagt habe?“

Sie machte einen erbärmlichen Eindruck mit dem dreckigen Hemd und den traurigen Augen, die ganz gerötet waren von den Ätherdämpfen.

Victor wandte den Blick ab, er konnte die Verzweiflung in ihrem Gesicht nicht ertragen. „Es war vor zwei Jahren“, begann Victor mit gedämpfter Stimme, und nun war es sein Blick, der in eine andere Welt glitt. „Eine Villa am

Stadtrand von Ironhaven, bewohnt von sechs Personen. Ohne verwandtschaftliches Verhältnis zueinander. Das Haus … es war alt, abgelegen und es kursierten seltsame Gerüchte, die einem das Blut in den Adern gefrieren ließen. Mysteriöse Geräusche, seltsame Gerüche, flackernde Lichter, verschwundene Haustiere, Schreie in der Nacht. Die Nachbarn alarmierten oft die Polizei. Die Kinder sangen darüber gruselige Lieder. Es gab eine nie endende Reihe von Zwischenfällen. Woche für Woche rückten wir aus, fanden jedoch nie etwas Handfestes. Keine Beweise, keine Straftaten." Victor sah die Gesichter der Menschen vor sich, die die Haustür öffneten. Männer und Frauen unterschiedlichen Alters, blass und ausgezehrt. Ihre Kleidung schlicht und verschlissen, aber gewaschen. Ihre Gesichter wiederholten sich Mal um Mal, das er anklopfte. Mit strähnigem Haar und wächsernen Mienen. Irgendwann erkannte er sie wieder, kannte ihre nichtssagenden Namen und ihre monotonen Stimmen, sah sie aber niemals in den Straßen der Stadt. Es war, als wären sie Bedienstete, die das Haus nie verließen. Victor trat nicht über die Schwelle der Villa und die Bewohner niemals hinaus. Es war wie zwei Welten, die einander nur an der Tür begegneten, ohne gemeinsame Schnittmenge. Die Polizei vermutete eine Gruppe von Opiumabhängigen. Und so sehr Victor es auch glauben wollte, konnte er es nicht.

„Mein Boss plante, das Nest auszuheben und den Störungen der Nachbarschaft ein Ende zu bereiten. Ein paar Tage vor dem Einsatz wurde wieder von Zwischenfällen in der Villa berichtet. Ich machte gerade Feierabend, doch mein

Boss entschied nichts zu unternehmen. Ich verließ die Wache, aber anstatt nach Hause zu gehen, ging ich die sechs Kilometer zur Villa. Ich redete mir ein, nur einen Spaziergang zu machen, und folgte einem inneren Drang, der mich zum Haus zog. Vielleicht war es eine Vorahnung." Victor wurde der Mund trocken und er räusperte sich. Doch den Whiskey rührte er nicht an, als er das alte Gebäude vor seinem inneren Auge sah.

„Es dämmerte bereits, als ich ankam. Es roch nach Rauch, und ich konnte gedämpfte Schreie vernehmen. Ich klopfte an der Haustür, aber niemand öffnete. Also schlich ich um das Haus herum und fand einen Zugang durch den Keller. Im Erdgeschoss entdeckte ich sie."

Seine Stimme senkte sich zu einem Raunen, als fürchtete er, es könne wieder passieren, wenn er es laut aussprach.

„Sechs Menschen saßen in einem Kreis, die Gesichter verborgen unter Kutten, und sangen Worte, die ich nicht verstand. Auf Boden und Wänden gab es Symbole und Schriftzeichen, die ich nicht lesen konnte, aber sie strahlten eine sonderbare Energie aus. Eine dunkle Kraft, die sich in mich hineinfraß und Stücke aus mir herausriss." Victor erschauderte, die Erinnerung an das Grauen war nicht verblasst. „Einer von ihnen erhob sich und zog ein Messer. Bevor ich verstand, was er tat, hatte er schon seinem Nebenmann die Kehle aufgeschlitzt. Ich schrie und versuchte, einzuschreiten, aber ich konnte nicht zu ihnen durchdringen. Es war wie eine durchsichtige Barriere, die ich nicht passieren konnte. Ich musste zusehen, wie der Mörder einem nach dem anderen die Kehle durchschnitt. Niemand reagierte auf mich, meine Schreie verhallten, als wäre ich überhaupt nicht da. Hätte ich meine Dienstwaffe dabeigehabt, hätte ich auf ihn geschossen. Sie bluteten aus wie Schlachtvieh. Niemand wehrte sich. Irgendwann hörten die Leiber auf zu zucken. Der Mörder stand in der Mitte des Zirkels, im Blut der anderen. Ich war geschockt und sah vermutlich Dinge, die nicht wirklich passierten. Aber es wirkte, als würde das Blut an den Beinen des Mörders hinaufkriechen. Und dann verlor er seine Gestalt. Sein deformierter Körper pulsierte, spann Fäden, die durch die Luft peitschten und wieder in die Masse schlugen. Als würde er sich auflösen und mit dem Blut zu etwas Neuem und Größeren werden. Etwas Groteskes. Etwas Unmenschliches. Noch nie in meinem Leben hatte ich so etwas gesehen, und ich habe keine Worte dafür, es zu beschreiben."

Dieses Unaussprechliche hatte bisher in einer kleinen abgeschlossenen Kammer in Victors Erinnerung gewohnt und er begann zu zittern, als er jetzt einen Blick durch das Schlüsselloch warf, um Isabella davon zu erzählen. Die Panik dieses Abends umspülte ihn wie die Wellen des Meeres.

„Ich hatte große Angst und rannte davon, zurück zu meiner Dienststelle. Mit einem Trupp von acht Mann kehrte ich zurück. Das Einzige, was wir fanden, waren fünf Leichen. Die sechste Person war spurlos verschwunden. Niemand schenkte meiner Geschichte Glauben, sie lachten mich aus. Meine eigenen Leute hielten mich für den Täter, sie hielten mich für wahnsinnig. Es wurde gegen mich ermittelt."

Victor kämpfte darum, die Kontrolle über seine Emotionen zu bewahren. Die Hilflosigkeit, die er empfunden hatte, als diese unaussprechlichen Dinge passierten, nagte noch immer an ihm. Unzählige Nächte voller Albträume und Whiskey hatte es seitdem gegeben, ohne dass das Grauen seinen Schrecken verloren hätte. Und in seiner Erinnerung hallten seine eigenen Schreie wider. Mit dieser Nacht fand seine Polizeilaufbahn ein jähes Ende. Miller suspendierte ihn bis auf Weiteres vom Dienst, und seine eigenen Kollegen ermittelten gegen ihn. Sie zerrissen sich die Mäuler hinter seinem Rücken.

Dieser Fall ließ ihn in einer Nacht alle Freunde und alle Hoffnung verlieren. Victor beteuerte seine Unschuld, für die es aber keine Beweise gab. Nur seine kruden Ausführungen über okkulte Rituale und übernatürliche Barrieren, an denen er nicht vorbeikam. Man warf ihm vor, die Fakten zu verdrehen, dass er geistig nicht gesund war und dies bei seiner Einstellung verschwiegen hatte. Fünf Leichen und ein mysteriöser Mörder, direkt zu seiner Feierabendzeit. Was er überhaupt bei dem Haus gewollt hätte? Das Einzige, was für ihn sprach, war, dass keine Blutspuren an ihm zu finden waren und die Schuhabdrücke am Tatort nicht seiner Schuhgröße entsprachen. Sie konnten ihm den Mord nicht nachweisen, ebenso wenig, wie er seine Unschuld beweisen konnte. Selbst Miller, der immer loyal hinter ihm gestanden hatte, wandte sich von ihm ab und sagte gegen ihn aus. Dass Victor in letzter Zeit nicht er selbst war, der Stress der Polizeiarbeit nichts für ihn sei und er sich unter dem Druck verändert habe.

Diese Aussage besiegelte sein Schicksal. Am Ende wurde er entlassen, er habe die Morde nicht verhindert, den Tatort nicht richtig gesichert, den Mörder entkommen lassen und die Ermittlungen behindert. Und Victor blieb als gebrochener Mann zurück.

„Der Fall blieb ungelöst und ich wurde unehrenhaft aus dem Dienst entlassen“, beendete Victor seine Geschichte und schloss die Augen, in dem Versuch, die Dämonen zurückzudrängen. Isabella schüttelte sacht den Kopf.

„Das tut mir leid“, sagte sie in die Stille hinein.

„Das muss es nicht. Dinge passieren, auch wenn wir versuchen, alles richtig zu machen.“ Er reichte ihr seinen Drink. Sie nahm ihn und schwenkte die bernsteinfarbene Flüssigkeit.

„Was waren das für Symbole?“, fragte sie misstrauisch.

Victor lachte trocken auf. „Ich habe etwa ein Jahr lang jedes Buch über Okkultismus gelesen, das ich in die Finger bekam. Es waren okkulte Symbole einer alten Sekte, die für Menschenopfer bekannt ist. Es gibt ein paar wirklich gestörte Menschen da draußen, die irre Fantasien haben und das Ende der Welt heraufbeschwören wollen.“

Isabella fröstelte. „Sie meinen, dass es Humbug ist?“

„Ich hoffe es“, gab Victor ehrlich zu.

„Meinen Sie, dass es echt ist?“ Die Vorstellung bereitete ihr Angst, und ihr Verstand wollte sich vor den Konsequenzen verschließen.

„So echt, dass es mich meinen Job gekostet hat. Ich habe keine vernünftige Erklärung für das, was da in diesem alten Haus passiert ist, aber ich weiß, was ich gesehen habe.“

„Aber …“, begann sie zögerlich und versuchte, die richtigen Worte zu finden. „Aber hier an Bord passieren auch viele sonderbare Dinge, die nicht real sind. Vielleicht haben Sie damals auch schon Halluzinationen gehabt?“

„Das habe ich auch gedacht, aber die fünf Leichen waren real. Und eines Tages werde ich den Fall noch aufklären. Genau wie diesen Fall hier“, versprach Victor grimmig. Isabella zog die Nase kraus und antwortete nicht mehr. Ihr ging einiges durch den Kopf, das sich auf ihrem Gesicht widerspiegelte. Victor musterte sie noch einen Augenblick. Isabella war eine äußerst sonderbare Person.

„Warum nennen die Leute Sie Wrench? Ich habe das Gefühl, dass Ihnen der Name nicht gefällt.“

Sie schloss die Augen und nahm einen Schluck Whiskey. Ein Seufzer löste sich von ihren Lippen und das Glas reihte sich zu dem ersten auf der Armlehne.

„Deshalb“, murmelte sie und begann, den enganliegenden Lederhandschuh von ihrer linken Hand zu ziehen. Einen Moment später legte sie ihn auf ihren Oberschenkel. Als sie ihre Hand hob, blitzte Silber im schummrigen Licht des Salons auf. Isabellas linke Hand bestand vollständig aus Metall, feine Ziselierungen zogen sich über die einzelnen Fingerglieder und entlang der Handfläche. Das Muster bestand aus kunstvollen floralen Ornamenten und ließ die Prothese im ersten Moment wie eine fein gearbeitete Rüstung wirken. Schmiedekunst auf höchstem Niveau.

„Ist sie … mechanisch?“ Faszinierte betrachtete Victor die Hand. Geräuschlos bewegte sie die Finger mit einer Präzision, die Victor nicht für möglich gehalten hätte. Dabei wurden winzige Zahnräder und Kabel in den Gelenken sichtbar, die verrieten, welch filigranes Meisterwerk Isabella geschaffen haben musste. Entfernt erinnerte sich Victor an die mechanischen Wächter vor den Haustüren von Ironhaven, gebaut von den besten Uhrmachern der Stadt.

„Bis wohin reicht sie?“, entfuhr es ihm voller Neugierde.

Zur Antwort schob Isabella wortlos ihren Ärmel hinauf. Die Metallprothese endete kurz hinter dem Handgelenk. Die Lederriemen verliefen entlang ihres Unterarms und saßen eng auf ihrer Haut.

„Wie …“, brachte Victor hervor und wusste, dass diese Frage zu weit ging, aber Isabella antwortete ungerührt. „Vor zweieinhalb Jahren habe ich auf einem Kriegsschiff gearbeitet, als Mechanikerin. Eines Nachts wurden wir angegriffen, ein Drittel der Mannschaft war sofort tot. Ein Matrose warf sich auf mich und schützte mich mit seinem Körper vor umherfliegenden Teilen. Ich war mit drei verletzten Menschen unter Deck eingeschlossen. Das Feuer breitete sich aus, der einzige Ausgang war eine blockierte Metalltür. Ich war die Einzige, die noch stehen konnte, also nahm ich mein Werkzeug und demontierte die Tür. Stück für Stück, während das Schiff sank. Es dauerte etwa fünfzehn Minuten. Die Tür heizte sich so weit auf, dass ich sie nicht mehr anfassen konnte. Die Hitze übertrug sich auf mein Werkzeug. Irgendwann musste ich mich entscheiden, welche Hand ich behalten wollte.“ Isabella räusperte sich und strich mit den silbernen Fingerkuppen über den Rand des Whiskeyglases. Die Flüssigkeit im Inneren erzitterte und das Bleikristall gab einen singenden Klang von sich.

„Ich bin Rechtshänderin", endete sie und lächelte schief.

Victor saß regungslos da, die Bedeutung ihrer Worte hing schwer zwischen ihnen, während er versuchte, die neuen Informationen zu verarbeiten. Isabella nahm ihren Handschuh und glitt mit der linken Hand hinein, die Bewegungen waren völlig natürlich. Im Gegensatz zu Victor hatte sie mit ihrer Vergangenheit Frieden geschlossen. Sie hatte Menschenleben gerettet, ihr Opfer war nicht umsonst gewesen.

„Ist das der Grund, weshalb die Nautilus Noir als Forschungsschiff gebaut wurde und nicht als Kriegsschiff?"

„Ich habe in dieser Nacht zu viele Menschen sterben sehen, und ich kannte jeden persönlich. Damals habe ich mir geschworen, nie wieder einen Fuß auf ein Kriegsschiff zu setzen. Als sie wollten, dass ich ein Schiff mit Ätherkristall als Energiequelle konzipiere, fand es zu meinen Bedingungen statt." Die Muskeln an ihrem Kiefer arbeiteten und ihr Mund wurde schmal. „Nur der Kapitän und Dr. Ashwood kennen meine Geschichte. Bitte behalten Sie sie für sich." Isabella strich den Handschuh glatt, griff das Whiskeyglas und trank es leer.

„Sie sind wirklich talentiert in dem, was Sie tun", gestand Victor ihr seine Bewunderung.

„Ich hoffe, dass das genügt", antwortete Isabella und verließ lautlos den Raum.

Victor blieb allein zurück, doch seine Gedanken waren bei dem, was er und Isabella durchgemacht hatten. Hatte er zuvor an ihr gezweifelt, kam er sich jetzt töricht vor.

Es war Zeit für ein Experiment. Victor stand vor der massiven Fensterfront, der er bisher tapfer den Rücken zugekehrt hatte. Laut der Anzeige befand sich die Nautilus Noir momentan auf einer Tiefe von 870 Metern. Anscheinend freundete sie sich bereits mit einem dezenten Aufstieg an, früher, als ursprünglich von Dekama geplant. Die Vorstellung, wieder in flachere Gefilde vorzudringen, sorgte für ein leichtes Kribbeln in Victors Magengegend. Mit einer Mischung aus unterdrückter Vorfreude und Angst vor dem, was jenseits des Schiffes ausharrte, tastete er nach dem Lichtschalter für die Außenbeleuchtung. Im nächsten Moment schickte das U-Boot gleißend helles Flutlicht in die schwarze Einöde der Tiefsee. Victor war auf alles gefasst gewesen, doch nicht auf das Nichts. Ein Ozean der Finsternis, der ihn still verspottete. Beinahe enttäuscht stieß er die angehaltene Luft wieder aus. Vor ihm schwebten tote Partikel wie vergessene Fragmente durch die gähnende Endlosigkeit. Er trat näher an das Glas, bis seine Stirn dagegen stieß. Irgendwo außerhalb des Scheinwerferlichts schien sich etwas zu bewegen. Aber weder das Licht noch seine Fantasie reichten aus, um etwas zu erkennen. Ohne Bezugspunkte konnte er weder Größe noch Distanz des Schattens abschätzen. Konzentriert starrte er auf das unscharfe Gebilde, als aus dem Nichts etwas Riesiges und Pulsierendes direkt vor ihm auftauchte.

Erschrocken wich Victor zurück und griff mit zittrigen Fingern nach dem Ätherglas. Eine monströs große, fremdartige Qualle waberte vor dem Fenster hinauf. Nichts, was ihm bisher an der Küste von Ironhaven begegnet war, hätte entfernt Ähnlichkeit damit gehabt. Ihr tiefgewölbter, durchsichtiger Schirm leuchtete in fluoreszierendem Blau und schickte Streifen von Licht bis in ihre langen Nesselfäden. Die silbrigen Bänder bewegten sich rhythmisch zur Schwimmbewegung des Schirms. Victor brachte das Ätherglas über seinem Auge in Position und betätigte den Knopf. Das Spektrum an Farben wurde schlagartig potenziert, die Dopplungen durch den Schliff der Gläser verdreifacht. Doch die Qualle blieb. Victor blinzelte abwechselnd. Wenn dieses Glas tatsächlich funktionierte, schien die Qualle echt zu sein. Er nahm das Ätherglas wieder ab und betrachtete das wabernde Wesen mit Erleichterung und Faszination. Das bizarre und gleichermaßen majestätische Wesen war etwa auf der Höhe von Victors Kopf, der Schirm mochte bestimmt einen Meter im Durchschnitt messen, da tauchte von unterhalb des Fensters eine weitere Qualle auf. Kurz darauf zog eine ganze Gruppe von glimmenden Quallen endlos lange Bänder hinter sich her und an der Nautilus Noir hinauf. Ihr Tanz erinnerte Victor an wallende Seidentücher. Wie durch ein Wunder verknoteten sie sich nicht. Er zählte ein knappes Dutzend und verfolgte ihren tänzerischen Aufstieg, bis sie in der Dunkelheit verschwunden und ihr Lichtschein verglommen war. Dann schaltete er das Licht aus und die Schwärze kehrte zurück, erdrückender als zuvor. Auf dem Weg in sein Zimmer nahm

Victor eine Serviette aus dem Speiseraum gegenüber mit. Er brachte sie etwas unbeholfen vor dem runden Fenster seiner Kajüte an, um die Dunkelheit auszusperren, und ging zu Bett, wo grauenvolle Albträume auf ihn warteten.

In den Pausen zwischen den Schlafphasen schreckte Victor schweißgebadet auf und vergewisserte sich, dass er nicht ertrunken oder von Tentakeln zerquetscht worden war. Auch die Schatten, die ihn an Bord der Nautilus Noir durch alle Gänge verfolgten, und die tote Offizierin, die plötzlich an seinem Bett stand, setzten ihm massiv zu, und er fand nicht mehr in den Schlaf. Gegen vier Uhr morgens entschied Victor, dass es endlich an der Zeit war, aufzustehen. Bevor er das Zimmer zum Duschen verließ, fiel sein Blick auf die Karussell-Miniatur, die Isabella am Tag zuvor in der Werkstatt während der Befragung des Forschungsteams gebastelt hatte. Das kleine, goldschimmernde Gebilde drehte sich fröhlich im Kreis. Die winzigen Pferde waren in Wahrheit stilisierte Seepferdchen. Victor musste lächeln. Es war eine schöne Spielerei, doch er fand keinen Schalter, um es abzuschalten. Mit dem Finger hielt er es schlussendlich an und ging dann duschen.

Auf dem Gang hatte er das Gefühl, dass die Schatten der Nacht ihn noch bedrängten. Jedes Mal, wenn er im Augenwinkel etwas wahrnahm, verschwand es sofort, wenn er versuchte, den Schatten zu fokussieren. Da er es als harmlose Sinnestäuschung abtat, beunruhigte es ihn nicht allzu sehr. Schuld war vermutlich der Schlafmangel. Mit Erleichterung stellte er fest, dass sich das Knie deutlich verbessert hatte und der Bluterguss abheilte.

Er schloss sein Zimmer auf, wo sich das zurückgelassene Karussell wieder fleißig drehte. Victor runzelte die Stirn und hielt es wiederholt mit dem Finger an. Er vergewisserte sich, dass es wirklich keinen Schalter besaß, und griff sein Notizbuch vom Tisch. Dabei beobachtete er, wie sich die Seepferdchen wieder in Bewegung setzten. War das ein Trick von Ms Brasswright oder eine Halluzination?

Er riskierte einen Blick durch das Ätherglas. Das Karussell drehte sich weiter. Victor steckte es über seinem Notizbuch in die Weste und hoffte, es nicht zu zerdrücken. Beim Frühstück würde er fragen, wie Isabella dieses Kunststück fertiggebracht und wo sie den ganzen Mechanismus versteckt hatte. Sie war wirklich talentiert!

Allerdings war es noch fast drei Stunden hin bis zum Frühstück. Die meisten Passagiere schliefen vermutlich noch und er wollte Jeb bestimmt nicht freiwillig Gesellschaft leisten. Victor war neugierig, wie hoch die Nautilus Noir bereits aufgestiegen war, und entschied sich, den Salon aufzusuchen. Aus manchen der Zimmer konnte er noch leises Schnarchen vernehmen, als er vorbeischlich.

9. Kapitel

Die kunstvoll gestaltete Anzeige am großen Fenster zeigte 1.205 Meter an. Stirnrunzelnd klopfte Victor mit dem Fingerknöchel dagegen. Langsam kroch die Fünf hinauf und die Sechs schob von unten nach. Das konnte nicht sein. Irgendwas musste kaputt sein. Er hielt es für unmöglich, dass der Kapitän seinen Plan geändert hatte.

Um nach dem Rechten zu schauen und eine beruhigende Erklärung zu erhalten, ging Victor zur Brücke, wo er zu dieser Stunde den Steuermann vermutete. Hatten die Wissenschaftler noch einen Tag länger ausgehandelt, um die laufenden Forschungen abzuschließen? Im nächsten Moment verwarf Victor diese Idee. Es war vier Uhr morgens. Wann hätte diese Verhandlung stattfinden sollen? Er sprang über einen Schatten am Boden und entschied sich, sein Ätherglas aufzusetzen. Der Schatten verschwand sofort. Es war klar, dass er das Glas vorerst nicht absetzen würde.

Als er die schmalen Stufen zur Steuerbrücke erreichte, bemerkte er Blut am Handlauf. Die Luke stand unerlaubterweise offen. Alarmiert betrat Victor die dunkle Brücke. Er machte sich auf einen Angriff gefasst, doch außer dem Körper am Boden konnte er niemanden im Raum ausmachen. Ein hässliches Déjà-vu. Er stürzte zu dem Liegenden und betastete das Handgelenk. Es handelte sich um Edward Walker und er besaß noch einen gleichmäßigen Puls. Er war niedergeschlagen worden, was seine Verletzung an der Schläfe verriet. Victor atmete erleichtert auf.

Er suchte nach dem Alarmknopf nahe der Bodenluke an einem der Streben, die die Glaskuppel hielten, rappelte sich auf und stürzte hinüber. Seine Hand kam einen Millimeter vor den Knopf zum Stillstand. Was tat er denn hier? Wenn er den Alarm auslöste, wusste der Mörder sofort, dass seine Tat entdeckt worden war. Frühestens in drei Stunden würde der Kapitän seinen Steuermann ablösen. Das waren drei Stunden, in denen Victor ermitteln konnte. Die Tiefenanzeige an der mittleren Armatur zeigte 1.208 Meter an. Sie sanken eindeutig, er musste den Kapitän holen. Er würde das Schiff wieder auf Kurs bringen. Und Dr. Ashwood für den Verletzten.

Victor stürzte los, mahnte sich dann aber zur Ruhe und bewegte sich möglichst leise zur Kapitänskajüte im abgelegenen Gang. Robert Dekama öffnete bereits nach dem ersten leisen Klopfen. Victor fand sich mit einem Degen bedroht, noch bevor die Tür einen Spalt breit geöffnet war. Als der Kapitän den Detektiv erkannte, zog er ihn in die Kajüte und schloss hinter ihm ab.

„Es ist vier Uhr morgens. Was ist passiert?“ Dekama trug einfache Kleidung und stieg bereits in seine Stiefel.

„Der Steuermann wurde niedergeschlagen und das U-Boot sinkt.“

„Wie tief sind wir?“ Dekama schlüpfte in seine Jacke.

„1.210 Meter.“

„Was in Neptuns Namen?!“, entfuhr es dem Kapitän und er drückte Victor seinen Degen in die Hand. „Nehmen Sie das und bringen Sie Ashwood auf die Brücke! Sie hat die Nacht im Krankenzimmer verbracht. Ich hole Isabella und komme nach." Mit einem zweiten Degen bewaffnet, verließ er hinter Victor das Zimmer und wandte sich nach links, während Victor nach rechts schlich, zurück Richtung Ätherraum, wo auch das Krankenzimmer lag.

„Dr. Ashwood, ich bin es, Blackwell. Öffnen Sie!", flüsterte Victor gegen das Holz und betete, dass nur sie ihn hörte. Es dauerte länger, bis Lydia Ashwood völlig zerstört die Tür öffnete. „Bitte keine Toten mehr!", stöhnte sie und blinzelte ihn an. Sie roch nach Alkohol.

Victor drängte sie ins Zimmer und verschloss die Tür hinter ihnen. „Walker hat einen Schlag auf den Kopf bekommen und ist ohnmächtig. Nehmen Sie Ihre Tasche und folgen Sie mir! Leise!"

Die Ärztin zog ihren Kittel über die Kleidung des Vortages und glitt in ihre Stiefel. Dann nahm sie ein paar Arzneien aus dem Schrank und schmiss sie in ihren Arztkoffer. So schnell und so leise wie möglich stiegen sie hinauf zur Brücke. Victor zuckte zwei Mal stark zusammen, weil Tentakel nach ihm griffen. Glücklicherweise reichte ein Zwinkern mit dem Auge ohne Ätherglas aus, um den Spuk zu enttarnen. Sie trafen als Letzte ein und Isabella schloss die Luke hinter ihnen ab.

Während sich Dr. Ashwood über den Verletzten beugte, hatte sich Dekama bereits an die Armaturen begeben, um den Kurs zu ändern.

„Was ist passiert?", fragte Isabella, ihr Haar stand noch mehr ab als sonst und sie hatte ihre Schweißerbrille vergessen, sonst wirkte sie, als hätte sie mit Werkzeuggürtel und in kompletter Kleidung geschlafen.

„Ich bin früh aufgestanden und sah im Salon, dass das Schiff gesunken statt weiter gestiegen war. Ich kam hier hoch, um zu fragen, was nicht stimmt, und da lag er. Ich habe gedacht, ein Alarm würde uns dem Täter gegenüber verraten. So haben wir vielleicht noch zwei Stunden, bis er damit rechnet, dass sein Attentat auf Walker entdeckt wird. Kapitän Dekama, hatten Sie gestern Abend schon eine Kursänderung veranlasst?"

1.235 Meter und Victor stellte mit Erleichterung fest, dass die Vier von oben in das Sichtfeld drückte.

„Das war eine gute Eingebung. Und Sie haben recht, ich habe bereits gestern entschieden, die Nautilus Noir hinaufzubringen. Allerdings hätten wir gegen sieben Uhr morgens schon zwischen minus 450 bis minus 500 Metern sein sollen. Walker war informiert und hätte sich dem nicht widersetzt", hielt Dekama seinem Steuermann zugute.

„Warum hätte er den Kurs ändern sollen?", fragte Isabella dazwischen und polierte eine Ecke der glänzenden Armatur beiläufig mit ihrem Ärmel.

„Er wurde gezwungen", sagte Victor. „Gehe ich recht in der Annahme, dass auch er angehalten wurde, die Tür während seiner Schicht verschlossen zu halten?"

Dekama bestätigte diese Annahme mit einem grimmigen Nicken und blickte hinüber zu der Ärztin und dem Verletzten. „Wie geht es ihm?"

„Ich bekomme ihn nicht wach, aber er scheint stabil zu sein, trotz der Kopfverletzung. Ich gehe davon aus, dass er zusätzlich betäubt wurde. Hier ist eine Einstichstelle an seinem Hals. Aber ich finde keine Spritze."

„Ein Schlafmittel?“, vermutete Victor.

„Wahrscheinlich das gleiche Beruhigungsmittel, das auch Sie an Ihrem ersten Tag an Bord von mir erhalten haben.“ Dr. Ashwood sah auf ihre Hände. Etwas stimmte nicht mit ihr.

Victor dämmerte bereits, was los war. Sie hatte die Fläschchen intensiv geprüft, bevor sie ihm die Spritze verabreicht hatte. „Wann wurde Ihnen das Mittel entwendet?“, kombinierte er und alle starrten ihn an.

Die Ärztin seufzte auf und wrang die Hände. „Ich weiß es nicht genau. Es fiel mir erst auf, als ich Ihnen das Mittel verabreichte. Ich hatte immer drei Fläschchen mit Barbituraten in meiner Arzttasche, und an dem Tag waren es plötzlich nur noch zwei.“

„Deshalb haben Sie, seit ich Sie kenne, auch jedes Mal Ihre Tasche dabei. Damit nichts mehr wegkommt, richtig?“

Schuldbewusst nickte die Ärztin.

„Das hättest du sofort melden müssen, Lydia!“, zischte Dekama wütend.

„Ich wollte es, und dann war ich unsicher, ob ich es selbst verlegt hatte. Es gab so eine große Aufregung wegen der Halluzinationen und wegen des Detektivs an Bord und ich… Hätte ich gewusst, welche Wendung das Ganze nimmt, hätte ich anders entschieden. Entschuldigen Sie bitte, Sir!“

Niemand rührte sich, alle warteten auf die Reaktion des Kapitäns. Victor blinzelte wieder, um eine schleimige Sinnestäuschung am Steuerrad zu entlarven. Langsam wurde es lästig, er fühlte sich wie in einem nie endenden

Fiebertraum. Heimlich kniff er sich in der Hosentasche in den Oberschenkel. Es war ein guter Schmerz, aber ohne weitere Auswirkungen.

„Vermutlich hätte man nichts verhindern können. Ich versuche, die Küste zu kontaktieren. Allerdings ist es in diesen Tiefen mehr als problematisch", sprach der Kapitän in die Stille hinein und betätigte einige Schalter. Mit ruhigen Händen sendete er mehrere S.O.S.-Signale. Dann ging er zu der Ärztin hinüber und vergewisserte sich noch mal des Zustands des Verletzten. Sie bewegte ihn mit Dekamas Hilfe hinüber zu einer der Außenwände und lagerte ihn behutsam auf die Seite.

Victor kämpfte mit seinen Illusionen, die ihm jetzt vorgaukeln wollten, dass sich Risse in der Kuppel über ihren Köpfen bildeten. „Ms Brasswright, bitte versichern Sie mir, dass die Glaskuppel noch intakt ist!", raunte Victor ihr zu und Isabella folgte seinem Blick hinauf.

Sie nickte und fragte ebenso leise, ob sein Ätherglas noch funktionierte.

„Die Risse, die ich zu sehen glaube, sind so fein, dass ich sie durch das geschliffene Glas vermutlich nicht erkennen könnte, selbst wenn sie real wären."

„Das ist allerdings unpraktisch", entgegnete die junge Frau und zog die Nase kraus, was sie gelegentlich tat, wenn sie nachdachte.

Victor griff nach seinem Notizbuch, um die Liste seiner Verdächtigen zu konsultieren. Und stieß mit den Fingerkuppen gegen den kleinen Gegenstand aus Metall. Er holte das Miniatur-Karussell hervor.

Isabella lächelte. „Da ist es also abgeblieben! Gefällt es Ihnen?“

„Allerdings. Ich wollte Sie fragen, wie es funktioniert?“

„Was meinen Sie?“

„Wo sitzt der Motor?“

„Oh, es hat keinen. Es ist reine Zierde.“

„Aber es hat sich heute Morgen gedreht, von ganz allein. Sehen Sie.“ Victor platzierte es auf der Ablage für das Logbuch. Die Kuppel pendelte leicht und setzte sich dann in Bewegung.

Isabellas Augen wurden groß vor Staunen.

„Und wenn ich es anhalte, beginnt es gleich wieder“, erklärte Victor und führte es vor. Isabella strahlte vor Begeisterung, als sich die Seepferdchen wieder in Bewegung setzten.

„Das ist äußerst verwunderlich. Das sollte nicht sein. Dreht es sich auch noch, wenn Sie durch das Ätherglas schauen?“ Isabella sah zu Victor auf, der nickte.

„Dafür habe ich keine Erklärung“, sagte die Mechanikerin und beugte sich wieder fasziniert zu dem Spielzeug hinab. Ihre Entzückung bereitete Victor Bauchschmerzen. Das und die Tatsache, dass sie keine Erklärung dafür hatte. Was war hier bloß los?

„Die Krabbe!“, kreischte Dr. Ashwood plötzlich und alle Köpfe schossen in die Richtung, in die sie zeigte. Isabella sprang hinüber und betätigte einen Schalter, der eine wahre Flut von Lichtern aufleuchten ließ. Victor duckte sich vor Schreck hinter das massige Steuerpult in der Mitte der Brücke. Eine gigantische schwarze Krabbe von mehreren

Metern saß über ihnen und ließ ihre Scheren im Lichtschein blitzen. Ein eiskalter Schauer lief ihm über den Rücken und die Arme hinunter. Victor erinnerte sich daran, zu blinzeln, und das Ätherglas gab Entwarnung. Dekama und Isabella sahen sich verstört um, konnten aber keine akute Gefahr ausmachen. Das Tier stach mit den Scheren in Richtung der Glaskuppel und Victor zuckte wieder zusammen.

Ashwood schrie erneut auf und kroch auf allen vieren zu Victor hinüber.

„Es ist eine Halluzination! Die Krabbe kann uns nichts tun!“, rief Victor und beugte sich schützend über die hysterische Frau.

„Aber Sie sehen sie doch auch!“, wimmerte Dr. Ashwood und drückte ihren Kopf an Victors Brust, in dem verzweifelten Versuch, sich zu verstecken. Victor selbst konnte den Blick nicht von der Krabbe abwenden, die sich über ihnen neu positionierte und erneut angriff. Isabella hingegen huschte durch den Raum, als suchte sie etwas, während Victor beruhigend auf Lydia Ashwood einredete.

„Hier, Lydia. Setz das auf!“ Isabella hielt ihr ein zweites Ätherglas hin. Es handelte sich um das Glas des Steuermanns. Dekama hatte erwähnt, dass es ein zweites Glas gab, als Victor in der Kapitänskajüte gewesen war. Ashwood gehorchte und nahm mit klammen Fingern das Glas entgegen. Victor half ihr, es aufzusetzen und in Position zu bringen. Es war annähernd baugleich zu seinem Exemplar.

„Sehen Sie hin! Sie ist nicht real!“, beschwor Victor sie und Dr. Ashwood öffnete die Augen. Victor betätigte den Schalter und ihr entfuhr ein überraschter Laut.

„Sie ist nicht real …“, echote sie atemlos. Ihr Schrecken verebbte und sie ließ peinlich berührt von Victor ab. „Entschuldigen Sie.“

Er klopfte ihr grob auf die Schulter. „Haben Sie Ihr Mittel gestern nicht genommen?“

„Doch, das habe ich.“

„Das ist seltsam“, murmelte Victor und seine Gedanken überschlugen sich. Konnte es tatsächlich einen plausiblen Grund dafür geben?

„Und ist es nicht auch seltsam, dass Sie die gleiche Halluzination haben?“ Isabellas behandschuhter Finger pendelte zwischen den beiden hin und her. Sie hielten inne und dachten über diese Frage nach.

Ashwood löschte das Licht, und bedrückende Dunkelheit legte sich wieder über die Kuppel. „Lieber sehe ich gar nichts als dieses schreckliche Monster! Es ist grauenvoll da draußen.“ Victors Nicken war Antwort genug. Und in diesem ganzen Durcheinander bekam er eine Idee.

„Kapitän Dekama, wie tief sind wir?“, fragte Victor über die Schulter und setzte sich zu Dr. Ashwood auf den Boden.

„1.213 Meter. Ich versuche weiterhin, einen Notruf abzusetzen. Ich befürchte aber, wir werden nicht gehört, bevor wir die tausend Meter passiert haben“, lautete die Antwort des Kapitäns.

„Wir müssen nur abwarten“, versuchte Victor, sich und die Ärztin gleichermaßen zu beruhigen. „Tausend Meter…“, fügte er geistesabwesend hinzu und hörte förmlich das Zahnrad in seinem Hirn einrasten. Das war eine gewagte These, aber auch die einzige mögliche Erklärung. Er entschied, seine Überlegungen zu validieren, mithilfe der Anwesenden. Jetzt würde sich zeigen, ob Mrs Sanders Recht behalten sollte und er es immer noch draufhatte. Eine kleine Euphorie ergriff ihn.

„Dr. Ashwood, wie war Ihr Befinden, bevor Sie gestern zu Bett gingen?“, sprudelte es aus ihm heraus.

„Schrecklich! Julie war meine Freundin, ihr Tod ist ein Schock für mich!“, empörte sie sich.

„Nein, nein. Das meine ich nicht.“ Victor wollte nicht auf Gefühlsduseleien hinaus. Es ging ihm um etwas anderes. „Ich spreche von den Halluzinationen. Hatten Sie damit oder mit Albträumen zu kämpfen, als Sie schlafen gingen?“

„Nein, natürlich nicht. Ich habe mir um achtzehn Uhr meine Dosis injiziert, da ist es vollkommen normal, dass ich keine Symptome zeige.“

„Wie lange hält die Wirkung denn für gewöhnlich vor?“

„Etwa bis sechzehn oder siebzehn Uhr am nächsten Tag.“

„Haben Sie eine Erklärung, weshalb Sie jetzt so stark betroffen sind?“

„Ich nehme an, dass es an dem Kristall liegt.“

„Das denke ich nicht.“

„Aber die Halluzinationen werden von den Ätherdämpfen …“

„Ja, mit Sicherheit. Aber was, wenn der Kristall nicht der einzige Auslöser ist?“, unterbrach er sie ungeduldig.

„Was meinen Sie damit?“ Dr. Ashwood sah ängstlich zur Kuppel hinauf. Die riesige Krabbe war noch da, und die schwarze Unendlichkeit versteckte sich hinter der erleuchteten Reflexion des Raumes.

„Ich denke, es hängt mit der Tiefe zusammen, in der wir uns befinden."

Dr. Ashwood zog zweifelnd eine Augenbraue hoch.

„Hören Sie mir zu, bevor Sie widersprechen. Ich habe quasi seit dem Beginn meines Aufenthaltes Probleme mit Angstzuständen und Sinnestäuschungen. Natürlich scheine ich auf den Ätherkristall zu reagieren. Mein Anfall nach dem Aufenthalt im Ätherraum ist unleugbar. Aber gestern Abend stieg das Schiff auf ungefähr 870 Meter, und obwohl es schon spät war, hatte ich nur milde Symptome. Ich wollte das Ätherglas einem Funktionstest unterziehen und fand nur real existierende Quallen vor dem Fenster des Salons. Zugegeben seltsame, aber sehr echte Geschöpfe. Erst vermutete ich, das Glas sei nutzlos. Entschuldigen Sie, Ms Brasswright!", fügte Victor mit erhobenen Händen hinzu, aber Isabella zuckte nur die Schultern und beobachtete weiter das kleine Karussell auf ihrer Hand. Es drehte sich unablässig.

An Dr. Ashwood gewandt fuhr er fort: „Aber es funktioniert hervorragend, wie Sie selbst sehen! Allerdings häufen sich die Halluzinationen heute Morgen, und meine Nacht war mehr als bescheiden. Da ich keine Beruhigungsmittel oder ähnliches konsumiert habe, kann ich zuverlässig sagen, dass die Tiefe des Schiffes unterhalb der tausend Meter anscheinend eine Rolle spielt."

Dr. Ashwood öffnete den Mund, um zu widersprechen, doch Victor unterbrach sie sofort. „Die ersten Halluzinationen traten vor knapp zehn Tagen auf, als sich die

Nautilus Noir den Blacksmokern nährte. Diese findet man ab tausend Metern Tiefe.

Ich wette mit Ihnen, als das Schiff wieder auftauchte, nahmen die Symptome wieder ab. Denken Sie an Mrs Singh, sie ist die Einzige, die das Gegenmittel nicht erhalten hat. Wie ging es ihr, als Sie in Copperbay anlegten?"

„Sie hatte zuvor nur von Unwohlsein und Albträumen berichtet und es ging ihr deutlich besser an Land. Ich schob es auf die Veränderung der Luftverhältnisse."

„Das kann zusammenhängen. Aber ich denke, die Tiefe spielt eine entscheidende Rolle. Kapitän Dekama, in welchem Areal bewegt sich die Nautilus Noir?" Der Kapitän nannte Koordinaten, die Victor sofort wieder vergaß, aber er fügte hinzu: „In der Tat bewegen wir uns in einem gewissen Radius, weil das Forschungsteam in dieser Gegend seine Studien betreibt. Dieser Radius beträgt in etwa einen Kilometer."

„Können Sie mir sagen, wie weit Ironhaven von diesem Gebiet entfernt ist?"

„In etwa vierzehn Kilometer. Die Nautilus Noir ist nicht für Atlantiküberquerungen gebaut worden. Auch, wenn sie es mühelos schaffen könnte, sind ihre eigentliche Aufgabe Rundreisen."

„Das bestätigt meine Annahme, dass wir uns in einem Gebiet befinden müssen, das eine Art Strahlung absondern muss. Ähnlich wie der Ätherkristall … Können Sie mir erklären, weshalb ausgerechnet diese Region für die Forschenden relevant ist?"

„Es handelt sich um ein Gebiet mit starken Arktis-Strömungen. Die Forscher erhofften sich davon die Sichtung besonderer Spezies, die durch die kälteren Ströme der Gletscher beeinflusst werden.“

„Interessant, denn der Mutterkristall stammt aus der Arktis. Haben Sie eine Karte für mich?“

„Sicher.“ Der Kapitän zog eine Meereskarte aus einem Ständer und entrollte sie auf der Ablagefläche. Mit kleinen Magneten fixierte er sie auf der Unterlage und winkte Victor zu sich. Es war das erste Mal, dass Victor eine Meereskarte sah, in unterschiedlichen Blauschattierungen war die Tiefe der Meeresregionen eingezeichnet. Und der Arktische Ozean schwappte in kleinen feinen Pfeilen durch die Grönlandsee und an Island vorbei bis ins Europäische Nordmeer.

„Hier ist Ironhaven.“, half Dekama dem suchenden Blick des Detektivs auf die Sprünge und zog einen Bleistift hervor, um einen Punkt knapp vor der Küste zu markieren. „Und ein paar Millimeter weiter nördlich befindet sich Copperbay. Welches aber zu klein ist, um es in diesem Maßstab abzubilden. Und wir befinden uns zurzeit etwa hier.“

Mit einem kleinen x markierte der Bleistift einen Punkt, an dem zwei unterschiedlich blaue Bereiche einander berührten. Die keltische See. Die Abstände zueinander waren winzig und der Maßstab der Karte einfach zu groß. Victor senkte den Kopf sehr nah an das Stück Papier und verharrte dort eine Weile. Dann suchte er in der Legende am Kartenrand die entsprechenden Blautöne heraus und schluckte hart.

„Lese ich die Karte korrekt? Wir befinden uns an dem Rand zu einem Tiefseegebiet von sechstausend bis siebentausend Metern?“

„Das lesen Sie korrekt“, brummte Dekama.

„Und hätten wir nicht bemerkt, dass der Kurs geändert wurde, wären wir unter Umständen bis auf diese Tiefe gesunken?“

„Der Kurs war verfälscht, aber ja, wir wären vermutlich bis mindestens zweitausend oder dreitausend Meter gesunken, wäre es nicht eher aufgefallen. So tief sollte das Meer hier bereits sein.“

„Und das hätte das Schiff auch ausgehalten?“

Dekama sprach es nicht laut aus, aber Victor verstand. Sie wären alle gestorben. Victor kam wieder hoch und rieb sich mit der Hand durchs Gesicht. Nicht auszudenken. Die Kälte in seinen Gliedern sollte ihm den Rest des Tages erhalten bleiben. Und die Härchen an seinen Unterarmen richteten sich wieder auf.

„Gibt es irgendwelche Informationen, was sich dort unten befindet?“ Victors klobiger Zeigefinger tippte auf das dunkelblau eingezeichnete Areal neben dem Nautilus-Noir-Kreuzchen.

„Das weiß niemand. Das Forschungsteam sollte aber bereits ein paar Informationen zusammengetragen haben. Selbst die Nautilus Noir schafft es nicht bis in diese Tiefen. Die Kontinentalplatten treffen sich erst da drüben, das tangiert uns hier im Grunde wenig.“ Jetzt war es Dekamas Zeigefinger, der auf die Karte pochte, und zwar ein ganzes

Stück weiter in Richtung der Vereinigten Staaten von Amerika.

„Haben Sie irgendwelche Beobachtungen gemacht, was Ihre Maschinen betrifft? Also Temperaturveränderungen, Ausfälle oder ähnliches, was auf daraufhin deuten könnte, dass es hier an Bord Schwankungen der …“ Victor hatte noch nicht zu Ende gesprochen, da fiel es ihm wie Schuppen von den Augen. Das Begreifen kam einer schrecklichen Erkenntnis gleich.

„Der Ätherkristall!“, sprachen Dekama und Victor synchron aus und machten das Grauen damit greifbar. Im Gesicht des Kapitäns konnte Victor das gleiche Entsetzen erkennen, das auch ihn packte. Natürlich musste es mit dem Kristall zusammenhängen.

Isabella hatte nichts mitbekommen, sie saß im Schneidersitz auf dem Boden und war gerade dabei, das Karussell wieder zusammenzusetzen, nachdem sie es in seine Einzelteile zerlegt hatte. Allerdings ohne Erklärung für den zauberhaften Antrieb.

„Meinen Sie, der Kristall und die Quelle der Halluzinationen in der Tiefe kommunizieren miteinander?“, raunte Dekama und überprüfte einige der Anzeigen. Victor erinnerte sich dunkel an eine Erzählung. Jane, die Bibliothekarin, hatte ihm vor mehreren Monaten einen alten Folianten gezeigt, in dem es um einen antiken Mythos ging. Das Buch, ein in Leder gebundenes Werk mit vergilbten Seiten, war in einer vergessenen Sprache verfasst, die Jane teilweise übersetzen konnte. Victor war natürlich der Titel entfallen. Es handelte von uralten Wesen, die vergessen unter der Erde schliefen und darauf warteten, dass sie erweckt wurden. Von den gleichen gestörten Leuten, die er damals in der Villa beobachtet hatte. Niemals hätte er dieses Märchen für wahr gehalten. Bis jetzt, als er sich daran erinnerte. Der Kristall an Bord der Nautilus Noir musste in irgendeiner Weise mit der Tiefe kommunizieren, und wenn das Buch recht hatte, waren sie alle in tödlicher Gefahr. Denn Jane hatte nicht nur über die Wesen berichtet, sondern auch über die Menschen, die sie beschworen. Eine Passage war Victor in Erinnerung geblieben: Ihr Verstand wird in die Schwärze gezogen, und die Grenze zwischen Traum und Wirklichkeit wird zerfließen.

Kalter Schweiß trat auf Victors Stirn. Alle Anhänger dieser Sekte waren dem Wahnsinn anheimgefallen, und zum ersten Mal fragte er sich, ob sie es vorher schon gewesen waren oder im Laufe der Zeit erst wurden. Denn wenn sie mit diesen alten Wesen Kontakt aufnahmen und diese tatsächlich antworteten, konnte er sich vorstellen, dass sie zuerst genauso an Halluzinationen litten wie ein Teil der Personen an Bord und am Ende komplett wahnsinnig wurden. Blühte ihnen allen das gleiche Schicksal?

„Kapitän, es gibt einen Kult, der Wesen beschwört, die in Vergessenheit geraten sind. Aufgrund der Sachlage an Bord der Nautilus Noir habe ich Grund zur Annahme, dass diese Mythen der Wahrheit entsprechen und wir uns gerade in der Nähe eines dieser Wesen befinden. Alle an Bord dieses Schiffes sind in größter Gefahr, ihre geistige Gesundheit und ihr Leben zu verlieren. Wir müssen schleunigst hier weg. Wie tief sind wir?“, vergewisserte sich Victor.

Es ging ihm nicht schnell genug, möglichst viel Abstand zwischen dieses Wesen und die Nautilus Noir zu bringen.

Dekama spürte die Anspannung und versuchte, ruhig zu bleiben. „1.162 Meter. Machen Sie sich keine Sorgen, ich bleibe auf der Brücke und halte den neuen Kurs, bis wir wieder an der Wasseroberfläche sind. Die Expedition ist mit sofortiger Wirkung abgebrochen. Neues Ziel ist der nächste erreichbare Hafen. Und bevor Sie fragen, ich spreche von Ironhaven."

Ironhaven. Allein die Vorstellung, in ein paar Stunden zurück in seiner Heimatstadt zu sein, festen Boden unter den Füßen zu haben und die dreckige Luft der Stadt zu atmen. Das alles schenkte Victor so viel Zuversicht, dass er erleichtert ausatmete.

Suchend sah er sich nach Isabella und Dr. Ashwood um, die mit leicht geöffnetem Mund das Gespräch der beiden Männer verfolgt hatte. Mit seinem freien Auge nahm Victor Seepocken an ihrer Wange und ihrem Hals wahr. Ein Trugbild, das er zum Glück leicht ignorieren konnte.

„Das kann nicht Ihr Ernst sein!" Ungläubig schüttelte die Ärztin den Kopf. „Bitte sagen Sie, dass Sie das nicht ernst meinen! Mythische Wesen und seltsame Kulte. Das klingt nach Aberglauben und Scharlatanerie! Das ist nicht wissenschaftlich."

„Sie müssen es nicht glauben. Ich selbst habe es bis gerade eben auch nicht getan. Aber Superintendent Miller hat mich aus nur einem Grund auf dieses Schiff geschickt." Victor musste innerlich lächeln angesichts seiner Torheit vor zwei Tagen. Zwei Tage? Es fühlte sich nicht an wie zwei Tage an Bord der Nautilus Noir, eher wie eine ganze Woche. Die Zeit schien hier anders zu vergehen und hatte ihn viel Energie gekostet.

Aber so sehr er Miller auch verabscheute und alles, was ihm vor zwei Jahren wiederfanden war, war er positiv überrascht, dass Miller ihn hierher geschickt hatte. Um einen Fall aufzulösen, von dem Miller wusste, dass nur Victor über das Wissen und die Erfahrung verfügte.

„Warum lächeln Sie so?“, fragte Ashwood unwirsch und Victor antwortete besonnen.

„Weil Miller will, dass dieser Fall gelöst wird und der Meinung ist, dass ich die einzige Möglichkeit darstelle, dass dies auch eintrifft.“

Die Ärztin schnaubte, genervt von Victors Selbstlob.

„Ich hatte in der Vergangenheit schon ein paar Berührungspunkte mit diesem alten Kult und Miller scheint hier etwas ähnliches vermutet zu haben …“

„Hören Sie mir zu“, unterbrach sie ihn. „Ich will gerade auch nichts lieber, als aus dieser verfluchten Tiefsee raus und von dem Schiff runter, um irgendwo landeinwärts wieder frei atmen zu können. Ohne verdammte Trugbilder, die meinen Verstand aufweichen. Aber ich kann und will diese kruden Thesen, die sie da gerade aufgestellt haben, nicht glauben. Und ehrlich gesagt, Kapitän Dekama, ich bin schockiert, dass Sie diesem Mann Glauben schenken!“

„Wollen Sie etwa meutern, Dr. Ashwood?“, schoss Dekama mit einem strengen Blick zurück, wie ein Peitschenhieb.

Aber die Frau ließ sich nicht einschüchtern und wuchs ein Stück in die Höhe, als sie nicht minder streng antwortete: „Um Gottes Willen, Robert, halten Sie mich jetzt für völlig verrückt? Natürlich nicht. Aber als studierte Frau kann ich diesen Humbug nicht glauben, und wenn wir zurück an Land sind, werden wir nach einer plausiblen Erklärung für all diese Phänomene suchen! Und jetzt bringen Sie uns bitte heil aus diesem Albtraum raus."

Mit einer Geste schloss sie den gesamten Raum und alles jenseits der Scheiben mit ein. „Ich muss nach Edward sehen", beendete sie ihren Wutanfall und wandte sich, ohne Dekamas Antwort abzuwarten, um. Victor nickte anerkennend. Diese Frau hatte Nerven!

Ein Seitenblick verriet, dass Isabella die Anzeigen abschritt, bis sie an einer stehen blieb und den Kopf leicht schräg legte. „Ms Brasswright, ist alles in Ordnung?"

„Ich befürchte nicht. Das Kristallvakuum reicht nicht mehr aus. Vorhin war es noch in Ordnung, vermutlich braucht das Feuer nur neue Kohlen. Aber der Alarm wird gleich anspringen. Dann werden alle an Bord geweckt." Isabella fixierte die Anzeige.

„Wann?"

„In ungefähr fünfeinhalb Minuten. Ich gehe hin und bringe das in Ordnung."

„Ich komme mit Ihnen." Victor hob den Degen auf.

„Ich …"

„Keine Widerrede. Sie gehen vor!", befahl Victor.

Isabella zuckte die Schultern. „Meinetwegen." Behände öffnete sie die Bodenluke und glitt die Stufen hinab. Als sie beide unten waren, wurde die Luke über ihren Köpfen wieder verschlossen und ein leises Knirschen deutete an, dass der gewaltige Schließmechanismus dafür sorgte, dass die drei Personen in Sicherheit blieben. Isabella und Victor hingegen schlichen jetzt durch die Gänge und die Treppe hinab zum Kristallraum.

Hinter jeder Kurve vermutete Victor den Leibhaftigen und neue Wahnvorstellungen. Tatsächlich gab es wieder einige groteske Schatten, die mit ihnen die Gänge entlang huschten, aber der große Schreck blieb zum Glück aus. Isabella bewegte sich lautlos wie eine Katze durch das Schiff. Ihr Schiff. Sie schlüpfte geschmeidig durch die Türen, ihre Technik bestand aus einem Hindurchspringen, während sie sich mit beiden Händen am oberen Rand festhielt.

Als sie am Ätherkristallraum ankamen, sah sie sich suchend um und fragte: „Wo ist die Wache? Lars hat Dienst.“

An den Hünen hatte Victor nicht mehr gedacht. „Wir haben jetzt keine Zeit. Erst der Kristall, danach suchen wir nach ihm.“ Das ungute Gefühl drängte ihn zur Eile.

Isabella nickte zustimmend, nahm zwei der Atemschutzmasken von der Wand und reichte Victor eine. Als er versuchte, die Maske zusätzlich zum Ätherglas aufzusetzen, kam sich beides ins Gehege, weshalb er das Glas abnehmen musste und es griffbereit in seiner Brusttasche verstaute. Hoffentlich würden ihn die Dämonen dort drinnen nicht gänzlich um den Verstand bringen.

Isabella förderte ihren Schlüssel hervor und steckte ihn in die schwere Tür. Sie zögerte, dann neigte sie den Kopf zu Victor und hob ihre Atemmaske kurz an, damit Victor ihr

Flüstern besser verstand: „Die Tür ist nicht abgeschlossen. Machen Sie sich auf alles gefasst.“

Alarmiert griff Victor den Degen fester und nickte. Was in drei Teufelsnamen war da drinnen los?

Die Mechanikerin betätigte das Handrad. Mit einem Quietschen öffnete sie die stahlverstärkte Tür und zog sie zum Gang hinaus auf. Irisierendes Licht bildete einen Nimbus um ihre Gestalt, als sie vor der geöffneten Tür stand. Sie nahm den größten der Schraubenschlüssel von ihrem Werkzeuggürtel und schlüpfte an ihm vorbei ins Ätherzimmer. Victor folgte, den Degen erhoben. Ihm schlug das Herz bis zum Hals.

Isabella blieb abrupt stehen, als sie Lars leblos vor sich auf dem Boden liegen sah. Er trug keine Maske und hatte eine ungesunde Gesichtsfarbe. Victor stieß gegen ihren Rücken. Sie ging in die Knie und ließ den Schraubendreher fallen, der ein klirrendes Geräusch erzeugte.

Bitte nicht auch noch Lars! Auf den ersten Blick konnte sie keine Verletzungen und kein Blut erkennen. Sie packte ihn an den Schultern und schüttelte ihn so fest sie konnte. Ein Stöhnen kroch aus dem Mund des kraftlosen Mannes und ein Stein fiel Isabella vom Herzen. Er lebte noch! Aber er kam nicht zu Bewusstsein. Wie lange war er schon ungeschützt den Ätherdämpfen ausgesetzt?

„Ms Brasswright, der Kristall!“, rief Victor hinter ihr und stieß sie schmerzhaft in die Rippen. Erst jetzt sah sie auf und erkannte, warum der Detektiv so alarmiert klang. Beim Anblick des Kristallzylinders drehte sich ihr der Magen um. Von einem zentralen Punkt aus zogen sich große Risse durch das Glas des Zylinders. Der Kristall im Inneren befand sich nicht länger in der Schwebe, sondern wirbelte unkontrolliert um sich selbst. Sie kam auf die Beine und stürzte auf den Zylinder zu. Stolperte über einen einfachen Hammer, den sie als Inventar der schiffsinternen Werkstatt identifizierte. War Lars in einem Anfall von Wahnsinn auf den Kristall losgegangen? Das Glas war irreparabel beschädigt, in ihrem Kopf spielten sich mehrere Szenarien parallel ab, was jetzt passierte. Sie endeten alle tödlich. Sie warf einen Blick auf die Vakuumanzeige. Der Druck im Zylinder war bei annähernd einer Atmosphäre.

Plötzlich begann das Licht im Raum zu flackern. Elektrische Blitze schlugen aus den Rissen und verfehlten sie nur knapp, als sie sich in den metallischen Oberflächen entluden. Der Kristall würde jeden Moment zerfallen!

„Nein, nein, nein. Bitte tu das nicht!“, flehte Isabella das wirbelnde Mineral an, als wäre es ein Lebewesen. Sie betätigte einige Hebel und versuchte so, die Vakuumpumpe zu Höchstleistungen anzutreiben.

Gleichzeitig war ihr klar, dass dieser verzweifelte Versuch vergebens war. Sie mussten sofort hier raus. Es blieben höchstens zwei Minuten. Sie sah sich nach Victor um, der sich über Lars beugte, bemüht, ihn aufzuwecken.

Isabella riss sich die Maske vom Gesicht und schrie aus Leibeskräften: „Alle raus hier! Sofort!“ Sie sprintete zurück zu Victor und half ihm, den ohnmächtigen großen Mann vom Boden und durch die Tür zu zerren. Das Flackern des Kristalls nahm immer mehr zu. Ein Luftzug strömte an ihnen vorbei in den Kristallraum, der Kristall atmete ein.

Isabella presste die schwere Tür zu und betätigte den Notfallschalter oberhalb der Tür, während Victor mühsam den Ohnmächtigen den Gang entlang über den Boden zog. Ein Alarm schrillte auf und etliche rote Lampen tauchten den Gang in bedrohliches Licht. Der Code-Red-Mechanismus wurde ausgelöst. Sie hatte ihn konzipiert für den äußerst unwahrscheinlichen Fall, dass das Schiff angegriffen wurde. Parallel schloss der Knopf auch alle Schotten an Bord und verriegelte sie, falls Wasser in einzelne Zellen eindrang. Im Inneren des Kristallraumes fuhren zusätzliche Stahlwände hinab und verriegelten den Raum hermetisch gegen das Eindringen von außen.

„Weg hier! Weg, weg, weg!“, schrie Isabella, packte Lars‘ zweiten Arm und zerrte nach Leibeskräften. Gemeinsam konnten sie ihn durch eine weitere Tür bringen. Isabella schloss gerade die verstärkte Stahltür des kleinen Lagerraums mit dem Handrad, als der Ätherkristall explodierte. Aus dem Zentrum der Nautilus Noir entsprang eine Explosion, die die gesamte Tiefsee zum Erleben brachte. Isabella betete, dass die Überdruckklappen in dieser Tiefe vernünftig arbeiteten. Sie waren die einzige Chance, dass der Druck entwich, wenn er höher war als jener, der außerh alb des Schiffes herrschte. Doch sie konnte den Gedanken nicht beenden, denn binnen eines Wimpernschlags sprengte die Druckwelle die Tür des Kristallraumes aus den Angeln und donnerte durch die Gänge des Schiffes, bereit, alles mit sich zu reißen, was ihr in den Weg kam.

Und Schwärze ergoss sich über sie.

10. Kapitel

Mit einem überirdischen Pfeifen in den Ohren erwachte Victor aus einer tiefen Ohnmacht. Doch es war nicht das Geräusch, das ihn geweckt hatte. Stiefelabsätze waren es, die über ihn hinweg trampelten, als wäre er eine Sandburg vom Vortag. Mühsam öffnete er ein Auge. Er war allein. Sein Schädel dröhnte und sein kompletter Körper schmerzte. Als hätte er ein Wochenende in einem mittelalterlichen Folterkeller verbracht. Er vermutete, immer noch auf der zweiten Etage zu liegen. Der Raum war eng und dunkel. Eine mickrige weiße Glühlampe flackerte über ihm, Er lag zusammengekauert neben der Tür, die brutal verbeult und verzogen war, als wäre eine Dampflok dagegen gebrettert. Doch sie hatte der unglaublichen Explosion standgehalten. Jetzt stand sie einen guten Spalt breit offen und ein schwacher Schein roten Lichts fiel zu ihm hinein.

Er erinnerte sich an den Ätherkristall, Isabellas Panik, den Alarm, wie sie versucht hatten, den bewusstlosen Mann und sich zu retten, und dann die Explosion. Ein Schwindelgefühl ergriff ihn, als er sich stöhnend aufsetzte. Der Druck der Explosion musste sein Gehör geschädigt haben. Zeitgleich fragte er sich, warum er überhaupt noch lebte. Und wo waren die Mechanikerin und der große Mann, den sie versucht hatten, zu retten? Lars.

Ein süßlicher Duft lag schwer in der Luft und erinnerte Victor an gezuckerte Backwaren frisch aus dem Ofen und geschmolzenes Metall. Eine seltsame Mischung, der gleiche Geruch, den auch Isabella Brasswright verströmte. Nur um ein Vielfaches stärker, unangenehm intensiv. Die schwülstige Luft brannte in Nase und Rachen.

Schwerfällig richtete sich Victor weiter auf und beugte sich vor zum Türspalt. Er spähte hindurch, um zu erkennen, wer ihn getreten hatte. Er wiegte den Kopf von einer Seite zur anderen, um den Gang auszuspähen. Das Pfeifen hatte glücklicherweise etwas nachgelassen.

Einige Meter entfernt am anderen Ende des Ganges stand bucklig ein Wesen, das an einen gebeugten Menschen erinnerte. Wegen der schlechten Beleuchtung konnte Victor nur verschwommene Umrisse erkennen. Es dauerte, bis sich sein Blick fokussierte. Das Wesen bewegte den Kopf hin und her und die Erkenntnis traf Victor wie ein erneuter Schlag.

Es war das Wesen aus der Villa. Der Mörder! Der Kultist, der seine Mitstreiter brutal ermordet hatte. Die krummen Gliedmaßen grotesk verlängert, stand es da, als wären ihm neue Wirbel gewachsen. Adrenalin jagte durch Victors Adern und schärfte seine Sinne. Das Monster wandte sich nach rechts und verschwand um die Ecke, wo der Zugang zum Ätherraum lag. Was hatte es vor?

Es schien ewig zu dauern, bis Victor sich zum Stehen hochgezogen hatte. Er versuchte, die restliche Benommenheit abzuschütteln. Erst jetzt bemerkte er die Atemmaske, die noch um seinen Hals baumelte. Mit den restlichen Riemen befestigte er sie so gut es ging auf Mund und Nase und stellte erleichtert fest, dass der süßliche Geruch nachließ. War es der Ätherkristall, der diesen Duft verströmte? Langsam humpelnd kam er in Gang. Es dauerte, bis er in ein halbwegs normales Bewegungsmuster verfiel. Die Explosion musste die Hälfte seiner Knochen verschoben haben und sie fanden nur widerwillig an ihre angestammten Plätze zurück.

Als Victor um die Ecke bog, sah er Partikel durch die Luft treiben. Im ersten Augenblick dachte er, er stünde vor einem der Fenster und blicke hinaus in die Tiefsee. Es waren die gleichen Teilchen, die dort ihrer Vergessenheit entgegentrieben, völlig schwerelos. Ein skurriles Schauspiel, wie es inmitten des zerstörten Gangs stattfand.

Victor fing einen der Partikel mit der bloßen Hand. Er war ein Hauch von nichts und ließ sich wie die Asche eines Papierfetzens zerreiben. Ein leicht pudriger Film blieb auf den Fingerkuppen zurück, den Victor an seiner Hose abwischte.

Schritt für Schritt bahnte er sich seinen Weg durch den Partikelregen an Trümmerteilen vorbei, bis er die erste geborstene Tür passierte. Sie hatte einen klaffenden Riss in der Mitte, wo das Handrad saß. Als er auf die andere Seite spähte, erkannte er ein paar Menschen hektisch hin und her laufen, Passagiere und Besatzung. Sie schienen unverletzt und Victor schnaufte erleichtert in seine Maske. Isabella Brasswright hatte sie gerettet. Aber wo steckte die Heldin der Stunde? Die Tür war noch verschlossen und der Riss reichte nicht aus, dass sie hindurch gepasst hätte.

Er setzte seinen Weg fort, in die Richtung des Ätherraumes. Er folgte der Krümmung des Ganges und fand sich vor einem zerfetzten Schlund wieder, wo ursprünglich die Tür gesessen haben musste. Hier war die pure Kraft der

Detonation deutlich ablesbar, die Reste der Angeln und das Schloss schienen noch im Rahmen zu sitzen, jedoch völlig deformiert. Den Rest hatte es, wie ein dünnes Blatt Papier, vollständig zerfetzt. Wie hatte die Nautilus Noir diese Druckwelle überstehen können? Durch das Loch in der Tür nahm er vereinzeltes Glimmen im Raum wahr. Victor erkannte es als das Leuchten des Ätherkristalls, gepaart mit den letzten elektrischen Funken, die aus offenen Leitungen sprühten. Von dem Zylinder in der Mitte des Raumes fehlte jede Spur, deformierte Einzelteile und technische Brocken lagen vor den Wänden herum. Soweit er schauen konnte, war niemand zu sehen.

Vorsichtig trat er näher und steckte den Kopf durch das Loch. Was für eine Verwüstung. Die Wände waren nach außen gedrückt und ließen den Raum wirken wie ein Ball von innen. Victor stutzte. Ein leises Wimmern war zu vernehmen.

„Isabella?“, rief er und stieg steifbeinig durch die Öffnung und über ein Trümmerteil. Dann sah er sie, als kümmerlicher Haufen an einen der Metallbrocken gelehnt. Das Gesicht in den Händen, bebend am ganzen Körper, von einem Heulkrampf geschüttelt.

„Sie leben! Gott sei Dank!“, rief Victor aus. Erleichterung durchflutete ihn und er ging auf sie zu. Er hätte sie umarmen wollen.

Isabella hob den Kopf. „Mr Blackwell“, antwortete sie heiser vom Weinen. Als ihre Hände von ihrem Gesicht glitten, hielt Victor schlagartig inne. Sein Lächeln verblasste und wich blankem Entsetzen. Ms Brasswright war kaum noch zu erkennen. Auch, weil das wenige Licht nicht ausreichte, aber wo ihre Augen hätten sein müssen, wanden sich fleischige Tentakel in alle Richtungen. Zuckend schlugen sie ihr gegen die Stirn, die Ohren und den Mund. Der Anblick war grauenvoll und widerlich.

Victor zerrte sich im letzten Moment die Atemmaske vom Gesicht und beugte sich vornüber. Klatschend schlug sein Mageninhalt auf den Boden und besprenkelte seine Schuhe. Zittrig schob er die Maske zurück und sah wieder zu den monströsen Auswüchsen in Isabellas Gesicht.

„Mr Blackwell, was ist los?“, fragte sie besorgt und kam stöhnend hoch. Sie kam auf ihn zu. Ein Funkenregen ging neben ihr nieder und sie wich zur Seite aus.

Panisch wich Victor zurück. Er suchte nach etwas, womit er sich verteidigen konnte. „Gehen Sie weg!“, schrie Victor, griff nach einem Stück verbogenem Rohr am Boden und hielt es drohend vor sich. Sie hob beschwichtigend die Hände, die Tentakel erzitterten und wanden sich daraufhin noch wilder.

„Sie haben eine Halluzination. Haben Sie das Ätherglas noch?“ Ihre Stimme war ruhig und abwartend. Die Erkenntnis traf ihn plötzlich. Wo hatte er das Ätherglas gelassen? Victor nahm das Rohr in eine Hand, hielt es weiterhin auf sie gerichtet. Mit der zweiten Hand fuhr er in seine Hosentasche, sie war leer.

„Sie haben es in die Brusttasche gesteckt!“, half sie ihm auf die Sprünge. Victor starrte weiterhin auf ihr Gesicht, griff aber in seine Weste und in die Brusttasche. Seine Finger trafen oberhalb seines Notizbuches auf das geschwungene Metall und schlossen sich erleichtert um das Ätherglas. Fahrig zog er es hervor, betätigte den Knopf und presste es sich gegen ein Auge. Er spürte den Strom durch seine Fingerkuppen kribbeln. Als er blinzelte, erkannte er durch das Glas hindurch ein vervielfachtes Frauengesicht. Ohne Greifarme.

„Oh, verdammt“, stöhnte er erleichtert in seine Maske und ließ das Rohr sinken.

„Ist es okay, wenn ich zu Ihnen komme?“, fragte Isabella ruhig, die Hände noch immer erhoben. Victor schüttelte den Kopf.

„Nein! Ich komme zu Ihnen. Und bitte bewegen Sie sich nicht!“, rief er.

„Was sehen Sie denn?“, fragte Isabella interessiert, rührte sich aber keinen Zentimeter.

„Ich, ähm … Tentakel“, stammelte Victor, und ein Schauer aus Gänsehaut überkam ihn. Vorsichtig ging er auf die Monster-Mechanikerin zu. Sie wartete geduldig, bis er eine Armeslänge von ihr entfernt stehen blieb. Blut und Schleim tropften vor ihm zu Boden und sein Magen rebellierte.

„Und wie geht es Ihnen?“, fragte sie beinahe im Plauderton, während Victor voller unverhohlener Abscheu ihr Gesicht musterte. Immer wieder blinzelte er mit dem einen und dem anderen Auge, schien Realität und Trugbild gegeneinander abzuwägen.

„Gut, gut“, murmelte Victor eine Oktave zu hoch und streckte vorsichtig eine Hand nach den bewegungsfreudigen Fangarmen aus. „Bitte nicht beißen!“, raunte er durch die Maske und versuchte, einen der sich windenden Würmer zu berühren. Sein Finger fuhr hindurch und traf auf weiche warme Haut, knapp unterhalb Isabellas Auge. Fasziniert tastete Victor mit der ganzen Hand durch ihr Gesicht und fühlte nur ihr verschwitztes Konterfei, eine Nase, zwei Augen, verquollen vom Weinen und definitiv keine Tentakel.

Isabella hielt stoisch aus, während Victors Augenbrauen eine ganze Abfolge von Emotionen durchspielten. Bis er irgendwann bei Entspannung ankam, grob ihre Wange tätschelte und seine dreckigen Finger endlich wegnahm. Seine Augen bogen sich oberhalb der Maske zu Halbmonden, als er laut auflachte.

„Sie sind nicht real!“, stieß er aus.

Und die fleischigen Fühler schlängelten sich ihm wütend entgegen, als wollten sie ihn vom Gegenteil überzeugen. Aber verschwinden wollten sie auch nicht.

„Das ist doch der entscheidende Punkt an Halluzinationen, dass sie nicht real sind“, kommentierte Isabella trocken.

„Allerdings“, seufzte er und fügte dann hinzu: „Wie konnten wir die Explosion überhaupt überleben?“

Erst jetzt musterte er sie in Gänze. Isabellas Kleidung war noch dreckiger als zuvor und ihr Haar staubig. Die Hose hatte an den Knien Löcher und einen großen Wasser- oder Fettfleck am Oberschenkel. Ihr Werkzeuggürtel tropfte an der Stelle, wo vorher eine Phiole gesessen hatte. Aber augenscheinlich schien die Mechanikerin nicht verletzt zu sein. Abgesehen von ihren Augen, bewegte sie sich unauffällig.

„Es gibt Überdruckventile, die haben die meiste Schlagkraft der Explosion nach außen abgegeben. Allerdings gehe ich davon aus, dass sie nicht richtig funktioniert haben, durch den enormen Außendruck. Wir sind zu tief."

„Aber wir leben noch!", erkannte Victor aufmunternd an.

„Fragt sich nur, wie lange noch", brummte Isabella.

Seine Eingeweide krampften sich so stark zusammen, dass er sich fast wieder übergeben hätte. „Was wollen Sie damit sagen?!", keuchte er.

„Die Nautilus Noir ist ohne Antrieb, und uns wird in spätestens zwei Stunden der Sauerstoff ausgehen. Eher in neunzig Minuten, weil der Äther einen Großteil des Sauerstoffs verdrängt hat. Lassen Sie uns den Kapitän suchen. Ohne ihn darf ich nicht agieren."

„Und was ist mit den restlichen Menschen?"

„Die Crew handelt nach Protokoll und evakuiert die Passagiere. Lassen Sie uns gehen", gab Isabella im Befehlston zurück.

„Evakuieren? Gibt es etwa Rettungsboote?", fragte Victor zynisch.

„Machen Sie sich nicht lächerlich", schoss Isabella zurück und die widerlichen Fangarme klatschten von links nach rechts, als sie den Kopf schüttelte. „Sie werden in geschützte Räume in der Nähe das Antriebs gebracht. So wird sichergestellt, dass nur lebensnotwendige Bereiche notversorgt werden."

Isabella ging an ihm vorbei und durch das Loch in der Tür. Victor folgte ihr.

„Was haben Sie hier eigentlich gemacht?", fragte er mit einem Blick zurück über die Schulter und erinnerte sich wieder an das Wesen, das er vorhin noch gesehen hatte.

„Mich verabschiedet", sagte Isabella kaum hörbar. Victor beschlich das Gefühl, dass diese junge Frau mehr verbarg, als ihm lieb war.

Das erste Hindernis, auf das sie stießen, war ein gerissener Schott, der sie von der ersten Etage trennte. Isabella griff blind nach einem Schraubenschlüssel an ihrem Gürtel und begann, die Tür zu lösen.

Victor fragte mehrmals, ob er ihr helfen könne, aber sie verneinte. Es machte ihn verrückt, abwarten zu müssen.

„Wo ist eigentlich Lars?", fragte Victor, und Isabellas geschäftige Bewegungen froren ein.

„Was meinen Sie damit? Er lag bei Ihnen im Lagerraum, als ich ging."

„Nein, bestimmt nicht." Victor runzelte die Stirn. „Aber ich wurde wach, als jemand gegen mich trat. Ich nahm erst an, dass Sie es gewesen wären." Seine Augen weiteten sich, als Isabella ihren Tentakelblick auf ihn richtete. Und Victor wandte sich von ihr ab, bevor er weitersprach. „Dann muss er es gewesen sein, als er den Raum verließ. Ich sah ein Wesen, das ich für eine Halluzination hielt."

„Was für ein Wesen?"

„Erinnern Sie sich an die Geschichte aus der Villa, als der Mörder sich veränderte?"

„Zu einem abscheulichen Etwas, grotesk und unmenschlich?“, erinnerte Isabella Victors Worte und die Fangarme frohlockten am Rande von Victors Blickfeld.

Der Detektiv nickte bedeutungsschwer.

„Aber meinen Sie nicht, dass es ein enormer Zufall wäre, wenn genau dieser Mensch hier an Bord der Nautilus Noir wieder auftauchen würde? Außerdem gehört Lars seit einem Jahr zur Crew und hat noch nie etwas so Gruseliges getan.“

„Wie wahrscheinlich war es, dass ich hier auftauche?“

Isabella zuckte die Schultern und widmete sich wieder unbeeindruckt dem Schott über ihnen. „Ich glaube an gar nichts mehr. Aber wahrscheinlicher ist, dass Sie halluziniert haben.“ Damit war die Unterhaltung für sie beendet.

Victor sah hinter ihnen den Gang hinab, die Schwere des Rohres in seinen Händen war das einzige, das ihn gerade tröstete.

„Kommen Sie!“, riss Isabella ihn aus seinen düsteren Gedanken und stieß die Luke kraftvoll auf. Mit einem lauten Knall landete sie auf dem Fußboden der oberen Etage und sie stiegen nacheinander die Stufen hinauf.

Hier oben war die Beleuchtung ähnlich spärlich wie auf der unteren Etage, jedoch waren die schummrigen Notleuchten weitestgehend intakt. Ein gutes Anzeichen, dass die Druckwelle diese Etage nicht erreicht hatte.

Isabella ging vor, doch sie kamen nicht weit. Ein dumpfes Klopfen aus dem vorderen Teil des Schiffes ließ sie innehalten.

„Du liebe Zeit, Jeb!“, rief Isabella und eilte in Richtung Speisesaal. Dort angekommen, erwiderte sie das Klopfen an einer der Nottüren. „JEB! Ich hole dich raus!“, schrie sie, und diesmal ging das Öffnen der Tür deutlich schneller vonstatten als zuvor, denn das Handrad ließ sich drehen. Auf der anderen Seite fiel ihr ein erschöpfter Koch in die Arme.

„Izzy, was zur Hölle is’ los hier?“, fragte Jebbediah und wischte sich mit seiner verbundenen Hand den Schweiß aus dem Gesicht. Der Verband war blutig, ebenso wie seine Kleidung.

„Der Ätherkristall ist explodiert“, fasste Isabella die vergangenen Ereignisse zusammen.

„Das erklärt den Bumms vorhin!“

„Hast du den Alarm denn nicht gehört, Jeb?“

„Ich bin doch nich‘ taub! Aber diese Sturköpfe haben sich nich‘ ans Protokoll gehalten!“

„Wen meinst du?“, fragte Isabella und sah sich um. Der Koch deutete über seine Schulter in den Speiseraum.

„Da hinten. Das Forschungsteam wollte vor dem Frühstück ein Treffen abhalten. Und das haben sie jetzt davon!“ Jeb hob anklagend die Arme.

„Wie bitte?!“ Aber Isabella wartete seine Antwort nicht ab. Sie stürzte an dem Alten vorbei durch den Speisesaal und rempelte ein paar Stühle um. Victor wollte ihr gerade nachlaufen, als Jeb ihn am Arm festhielt.

„Was ist mit dem Kristall passiert?“, raunte er Victor zu.

„Er ist explodiert“, entgegnete er, denn tatsächlich hatte er es nicht mitbekommen, während er bei Lars geblieben war. Nur das Trudeln im Zylinder. Jeb verzog sein Gesicht und Victor hätte gewettet, er wollte etwas Garstiges erwidern, doch Isabellas Rufen unterbrach ihn: „Mr Blackwell, kommen Sie schnell!“

Victor ließ den Koch stehen und setzte ihr nach. Als er aus dem Speiseraum zum angrenzenden Salon kam, war er sicher, einer weiteren Sinnestäuschung zu unterliegen.

Wie erstarrt blieb er stehen und fingerte sein Ätherglas hervor. Isabella hockte mit peitschenden Tentakeln in einer riesigen Blutlache. Mit etwas Abstand neben dem liegenden Prof. Simon Stone, genauer gesagt, neben dem Oberkörper des Mannes. Unnatürlich verdreht lag er dort, die Arme seltsam positioniert, als hätte er versucht, davonzukriechen. Jedoch ohne Erfolg. Den zähflüssigen Schatten seines eigenen Blutes hatte er nicht loswerden können.

Plötzlich war Victor, als könnte er einen metallischen Geruch durch seine Atemschutzmaske wahrnehmen. Sein Blick wanderte zu den verschlossenen zweiflügeligen Schotts hinter der Mechanikerin. Es war mit Abstand die größte und massivste Tür im ganzen Schiff. Wie gnadenlose Eisenklingen hatten sie den Leib des Professors zerschnitten.

„Es ist real“, sagte Isabella tonlos und Victor ließ das Ätherglas sinken.

„Die Tür hat ihn in zwei Teile ... Das ist meine Schuld, weil ich den Notfallmechanismus ausgelöst habe.“ Ihre zittrigen Finger schwebten über dem Kopf des Toten, unfähig, ihn zu berühren.

„Red' nicht so ein' Unfug, Mädchen!", polterte Jeb hinter Victor in den Durchgang und schob ihn zur Seite. „Du hast versucht, alle zu retten!", sagte er und zog sie am Arm hoch. Ihn ließ der Anblick der halben Leiche vergleichsweise kalt, vermutlich hatten die beiden schon genug Zeit hier drinnen verbracht, dass er sich daran gewöhnen konnte. „Un' dieser Idiot hat nich' gehört. Jetzt sieh lieber zu, dass du die beiden Übrigen daraus bekommst!" Jeb zeigte mit krummem Finger auf die große Flügeltür.

„Sind sie da etwa noch drin … mit der anderen Hälfte?", fragte Victor schockiert und trat näher. Er klopfte fest gegen das Metall der Tür, aber kein Mucks war zu vernehmen. Ein blutverschmierter Knopf an der Wand neben ihnen schien Zeuge der verzweifelten Versuche des Kochs, die Tür wieder zu öffnen.

„Ja, der Schönling und die alte Schachtel."

„Leben Sie noch?"

„Das will ich wohl hoffen, aber der Sauerstoff wird knapp. Du musst sie da raus hol'n!", verlangte Jeb und sah sich nach Victor um. „Packen Sie mal mit an, dass die Kleine Platz zum Arbeiten hat!", forderte er Victor mit einem Seitenblick auf den Professor auf, bückte sich und griff nach dem Arm des Toten. Victor half ihm, den Weg freizumachen. Halbe Leichen waren leichter zu handhaben, stellte Victor fest.

Isabella trat zögerlich an die Tür heran. Aber sie tat nichts.

„Was is' los, Izzy?", fragte Jeb überrascht.

Sie räusperte sich und ließ den Kopf hängen. „Ich kann sie nicht öffnen“, wisperte sie. „Sie funktioniert vollelektrisch.“

„WAS?“, entfuhr es Victor.

„Sie wiegt knapp eine Tonne und ich kann sie nicht öffnen. Für den Fall eines Glasbruchs muss sie den Innenraum abdichten. Wir können sie nicht mal aufhebeln.“

„Und was ist mit demontieren?“, erwiderte Victor und legte den Finger auf eine einsame Schraube auf der sonst glatten Fläche.

„Das würde ewig dauern. So viel Zeit haben wir nicht.“ Auch die Fangarme in Isabellas Gesicht hingen jetzt traurig hinab. „Es tut mir leid.“

„Dann lassen Sie uns den Kapitän suchen, damit Sie das Schiff ans Tageslicht befördern können. Vielleicht reicht der Sauerstoff dort drin aus, bis wir oben sind.“ Victor tätschelte ihr grob die Schulter, eine Aufforderung, ihm zu folgen. Dann trat er bereits den Rückweg an.

„Moment“, wisperte Isabella, während sie wie angewurzelt stehen blieb. Auch Jeb bewegte sich keinen Millimeter von ihrer Seite. Victor beobachtete die folgende Szene, die er kaum begriff. Isabella stand mit ihren derben Stiefeln inmitten der Lache langsam gerinnenden Blutes, vor der verschlossenen Tür. Der Alte befand sich zwei Schritte neben ihr und betrachtete ebenfalls gebannt, was sie tat. Von hinten sah es aus, als würden ihre Tentakel rotieren, wissend, was sie vorhatte. Langsam hob Isabella die Hände und zog den Handschuh aus.

Einen Augenblick später ließ sie die rechte Hand sinken und streckte die silberne Prothese der Tür entgegen. Von hinten sah Victor im schummrigen Licht, wie sich ein paar ihrer kurzen Haarsträhnen aufstellten. Elektrische Funken blitzten auf.

„Jeb, drück' den Knopf", zischte Isabella und Jeb tat, wie ihm geheißen. Ein mechanisches Stöhnen erklang, das Victor die Nackenhaare aufstellte. Die Tür öffnete sich mühsam einige Zentimeter. Und Victor entwich ein erstickter Laut. Von der anderen Seite der Tür erklang sofort hysterisches Kreischen und Gebrüll. Isabella zog ihre Hand von der Tür zurück.

Das war das Letzte, was Victor sah, bevor er rücklings aus dem Raum hastete.

11. Kapitel

Schwer atmend zerrte sich Victor die Atemmaske vom Gesicht und schmiss sie auf die Küchentheke in der Mitte des Raumes. Er hatte es die ganze Zeit geahnt. Sie war das Monster! Wie konnte er nur so blind gewesen sein?

Er riss die Schublade mit den Messern auf. Fahrig suchte er nach einer geeigneten Klinge und fand ein Fleischermesser, das ihm robust genug schien, um zwischen ein paar Rippen nicht abzubrechen. Die gesamte Crew war durchgedreht! Lars hatte den Kristallzylinder zerstört, Isabella mehrere Menschen auf dem Gewissen und der Kapitän alle in den Tod manövriert. Die Ärztin vergiftete die restlichen Passagiere und …

Eine Krabbe kroch ihm über die Hand und Victor schrie vor Schreck auf und versuchte, sie abzuschütteln. Fluchend zog er das Ätherglas hervor und legte es an. Die Krabbe, die gerade noch seitlich über das Schneidebrett marschiert war, löste sich in Luft auf.

Er würde hier unten verrecken. Aber er würde sich nicht kampflos ergeben. Victors Haut prickelte, und seine Nase brannte. Die Ätherdämpfe wirkten sofort. Die Panik brach wie eine riesige Welle über ihm zusammen. Kümmerlich sackte er in sich zusammen, nicht mehr in der Lage, sich auf den Beinen zu halten. Er dachte an Mrs Sanders, die ihm eingeredet hatte, er sei ein großartiger Detektiv. Wenn sie ihn jetzt sehen könnte. Er war ein Nichts.

Ein Poltern ließ ihn zusammenzucken. Er hielt für den Bruchteil einer Sekunde inne und vergaß sein Selbstmitleid und die Panik. Das Licht flackerte auf und erhellte den Raum, erstarb wieder und ließ nur die spärliche Notbeleuchtung zurück. Das Geräusch kam nicht von der Tür zum Speiseraum, es kam von der anderen Seite, wo sich die Kühlkammer befand.

Victor blieb in Deckung hinter der Küchentheke und presste sich an das kalte Metall. Er lauschte. Ihm blitzte kurz die Stippvisite auf, als er Jebbediah beim Schälen der Kartoffeln geholfen hatte und er seltsam auf die Nachfrage nach dem Kühlraum reagiert hatte. So seltsam, dass Victor anschließend einen Blick hineingeworfen hatte. Aber er hatte nichts Ungewöhnliches darin erkennen können. Lebensmittel, ein paar Kisten. Der Raum war auch nicht ewig groß gewesen, dass sich darin jemand oder etwas hätte verstecken können.

Ein weiteres Poltern ertönte und Victor erschrak so heftig, dass er sich dafür in Gedanken selbst beschimpfte. Er lauschte. Schlurfende Schritte bewegten sich auf der anderen Seite der Küche. Dann erklang ein Röcheln. Victors Atemluft kondensierte vor ihm, und krampfhaft hielt er die Luft an. Es war schlagartig kalt geworden im Raum, eine Gänsehaut zog sich über seinen Rücken und seine Arme.

„Komm‘ raus!“, sprach eine Stimme, die nicht von dieser Welt war. Victor wurde ruhig, von der Gewissheit erfüllt, dass seine letzte Stunde geschlagen hatte. Es gab nichts mehr zu verlieren. Aber er wollte verdammt noch mal Antworten. Die Glühbirne über ihm flackerte unruhig, erhellte aber weiterhin den Raum.

Mit seiner Todesgewissheit erhob sich Victor Blackwell und sah dem Monster in die hässliche Fratze. Es war nicht das Wesen aus der Villa, auch wenn es ihm sehr ähnelte. Und es sah auch keineswegs aus wie Isabella Brasswright. Er atmete innerlich auf. Die langen Arme und das verbogene Rückgrat ließen ihn kaum noch menschlich erscheinen. In einer Hand hielt er einen Ätherkristall, der grell leuchtete. Er war etwa halb so groß wie der im Zylinder, vermutlich ein Splitter des Mutterkristalls. Der süße metallische Geruch, der davon ausging, raubte Victor beinahe den Atem. Alte dreckige Kleidung hing dem Monster wie Lumpen vom Leib, es musste sich um einen Mann handeln. Das Gesicht war nur noch eine entstellte Fratze ohne Mimik. Blut und Sekret liefen aus allen erkennbaren Öffnungen und die Haut schälte sich von den Knochen, die herausstanden wie bei einem Verhungernden. Victor trug noch das Ätherglas, brauchte aber nicht zu blinzeln. Er wusste, dass es real war. Aber er blieb ruhig. Er wollte seine Antworten, und er würde sie bekommen.

„Wer bist du?", fragte Victor ungerührt und vermied den Blick auf das Eisenrohr, das vor ihm auf der Arbeitsfläche lag.

„Ich bin Dr. Alistair Cromwell." Das Wesen machte eine Bewegung, die an eine Verbeugung erinnerte. Die wenigen verbliebenen Hautfetzen ließen Victor keine Rückschlüsse auf das ursprüngliche Erscheinungsbild des Wissenschaftlers ziehen. „Sie sind dieser Blackwell, der hier seit ein paar Tagen sein Unwesen treibt, nicht wahr?"

Seine Irritation über diese Aussage schob Victor zur Seite und stellte die nächste Frage: „Was haben Sie vor?“

„Was geht Sie das an?“ Cromwell spielte mit dem Kristall in seinem Arm.

„Ich bin hierher geschickt worden, um ihr Verschwinden aufzuklären. Allerdings hätte ich nicht vermutet, dass Sie sich in der Kühlkammer verstecken und den Ätherkristall zerstören.“

„Ich habe mich nicht in der Kühlkammer versteckt!“, kreischte Cromwell heiser.

„Was denn sonst?“, provozierte Victor ihn.

„Ich habe einen Zugang in die Zwischenwände des Schiffes gefunden. Es gibt genügend Hohlräume auf jeder Etage, dass ich tagelang untertauchen konnte.“ Ein Kichern kroch auf Victor zu.

„Also haben Sie Ihr spurloses Verschwinden beim Landgang vorgetäuscht, damit Sie hier niemand vermutet?“

„Sie sind schlauer, als Sie aussehen, Mr Blackwell! Und ich habe genügend Lebensmittel und Werkzeug zur Verfügung gehabt, um meine nächsten Schritte vorzubereiten!“ Er wog den Ätherkristall liebevoll im Arm.

„Was sind Ihre nächsten Schritte?“, bohrte Victor.

„Ich habe keine Zeit, Ihnen alles zu erzählen! Er will ihn haben. Ich muss zu ihm!“, keifte Cromwell und machte Anstalten, um den Tisch herumzutreten. Victor lief ein weiterer Schauer den Rücken hinab. Er musste das Monster aufhalten. Egal, von wem er sprach, er sollte den Kristall nicht haben. Vermutlich war dieses Bruchstück die einzige

Chance, die Nautilus Noir wieder navigierbar zu machen. Oder zumindest einen Teil davon.

„Sprechen Sie von Dekama?“, riet Victor ins Blaue hinein.

Cromwell lachte abfällig auf. „Dekama, pah! Dieser Idiot!“

„Professor Stone ist tot“, offenbarte Victor.

Cromwell hielt inne, seine Körpersprache veränderte sich, als erinnerte er sich, dass er dem Professor noch vor zwei Wochen den Job streitig machen wollte. „Was ist passiert?“

„Wenn ich Ihnen das sagen soll, verraten Sie mir zuerst, wozu Sie den Kristall brauchen!“

Ein kehliges Grollen wurde vernehmbar, aber Cromwell antwortete: „Der Kristall ist der Schlüssel.“ Er zögerte.

„Der Schlüssel für was?“, fragte Victor mit schmalen Augen.

Ein Aufflackern von Wahnsinn huschte über die entstellten Züge des Mannes und ließ seine Augen hervortreten. „Für das Portal. Er kann es öffnen.“

Victors Herz schlug schnell, doch er verzog keine Miene, abwartend.

Cromwell musterte ihn bösartig und fuhr fort: „Ich kann es spüren, wie er mich ruft. Er ruft auch nach Ihnen, nicht wahr?“

Victor verlor nur einen Wimpernschlag lang die Fassung, aber das war Cromwell Bestätigung genug.

„Ich wusste es, in dem Moment, in dem Sie das Schiff betreten haben!“ Er lachte triumphierend auf, als hätte er eine Wette gewonnen.

„Das sind Halluzinationen, hervorgerufen von den Ätherdämpfen! Sehen Sie sich an, Sie sind mehr tot als lebendig!“, verteidigte sich Victor und deutete auf das Gesicht seines Gegenübers.

„Ja, das habe ich anfangs auch gedacht. Aber es liegt an dieser Region, das konnte ich im Logbuch erkennen. Wir befinden uns jetzt wieder an der gleichen Stelle wie vor einer Woche. Die Koordinaten stimmen. Wir müssen nur tiefer hinab! Hier unten liegt er verborgen und wartet darauf, erweckt zu werden.“

„Wer liegt hier verborgen?“

„Ein Wesen aus alten Zeiten! Älter als die Menschheit!“, schwärmte Cromwell und schloss halb die Augen.

„Gehören Sie diesen Kulten an?“

„Welchen Kulten?“, schrak der Forscher auf.

Victor sah ihn nur verstört an.

„WELCHE KULTE?!“ Cromwell spie Geifer, als er schrie.

Und Victor kam ein verzweifelter Einfall, die Geschichte etwas zu verzerren. „In Ironhaven gab es einen Fall von Gruppensuizid, alles Anhänger einer Sekte, die mit ihrem Tod einen Dämon beschwören wollten.“

„Was reden Sie für einen abergläubischen Humbug? Ich spreche von Meeressauriern! Ich bin schließlich Wissenschaftler und glaube nicht an alberne Märchen. Ich werde allen beweisen, dass sie nicht ausgestorben sind!“

Victor klappte der Mund auf. Jetzt setzte sein Verstand vollkommen aus. In was für eine wahnwitzige Parallelwelt war er hier reingerutscht? Das konnte der Mann doch nicht ernst meinen!

„Moment, Sie opfern ein ganzes U-Boot voller Menschen, nur für Ihren Ruhm, einen lebendigen Dinosaurier zu entdecken?“

„Sie verstehen das nicht! Ich muss ihn befreien. Er will befreit werden! Er wird mir dienen wie ein Haustier! Und das ist mein Durchbruch. Ich werde der berühmteste Wissenschaftler aller Zeiten werden! Sie werden sich darum reißen, dass ich Vorträge halte, und sie werden mich auf Händen tragen! Ich werde reicher als reich!“ Er lachte schrill, komplett wahnsinnig.

„Haben Sie einen Beweis dafür?“

„Ich habe nachts stundenlang ausgeharrt und seine Boten gesehen! Er hat sie geschickt, um mich zu kontaktieren!“ Etwas rasselte in Cromwells Stimme.

„Wie bitte?“

„Hier, sehen Sie!“ Cromwell legte den Kristall auf der Arbeitsfläche ab und zog ein Notizbuch heraus. Es sah identisch aus zu dem, das Victor nutzte. Er blätterte eine Seite auf und las begeistert vor: „Vierzehnter März, 01:15 Uhr: Ein Wesen von etwa dreißig Zentimetern Länge, grünlich schimmernd, mit nadelartigen Zähnen und fast durchsichtigem Körper. Es bewegt sich geisterhaft, es spürt meine Gedanken. Fünfzehnter März, 01:50 Uhr: Ein größeres Geschöpf – circa fünfundvierzig Zentimeter, aalähnlich mit einem grotesken Maul und Kiemen, die sich wie Fangarme ausbreiteten. Es prüft meine Gegenwart. Sechzehnter März, 02:07 Uhr: Eine Gruppe schwarzer Quallen, jede so groß wie eine Faust, durchzogen von violetten Adern. Sie schweben reglos und erwarten ein Zeichen von mir. Siebzehnter März, 01:10 Uhr: Ein zierliches Wesen, zwanzig Zentimeter groß, vibrierende Flossen. Ein Herold, eine stumme Verkündung des Meisters. Achtzehnter März, 02:23 Uhr: Ein schuppiges Geschöpf, fünfundzwanzig Zentimeter lang, mit zwei Tentakeln, die über das Glas tasteten. In seinem Blick liegt eine Aufforderung, die meinen Gehorsam fordert."

„Sie sind wahnsinnig!"

„Sie haben doch keine Ahnung! Er spricht … und ich gehorche!" Cromwells Körper durchlief ein Zucken.

„Wollen Sie mir weismachen, dass eine Horde mysteriöser Quallen Ihnen eingeflüstert hat, einen Dino aus einem Berg zu befreien?" Victor erinnerte sich an seine Begegnung mit den Quallen, die zwar surreal gewirkt hatte, aber nichts Wahnsinniges barg.

„Sie Unwissender! Er spricht die ganze Zeit mit mir. Er hat mir diktiert, wie ich das Portal öffnen kann. Hier, sehen Sie. Das ist die Formel, die ich rezitieren soll!" Cromwell hielt die Seite im Notizbuch hoch, zum Beweis seiner irren Aussage.

„Zeigen Sie mal her!" Victor beugte sich ein Stück vor und wartete darauf, dass Cromwell es ihm gleichtat. In dem Moment, als der Wissenschaftler sich mit langem Arm hinüberbeugte, griff Victor nach der Eisenstange zwischen ihnen und riss sie mit einem Ruck hoch. Blut spritzte ihm entgegen und Cromwells Kopf wurde nach hinten geschleudert. Er wurde direkt bewusstlos und sackte zu Boden.

Victor warf den nächstbesten Lappen über den Kristall und klemmte sich das Bündel unter den Arm. Ein elektrisierendes Knistern fuhr durch seine Fingerkuppen und grub sich durch seine Haut wie eiskalte Nadeln. Der Stein pulsierte unheilvoll und Victor spürte, dass ihn mehr durchdrang als bloße Energie. Der Ätherdampf raubte ihm den Atem. Er rannte so schnell er konnte hinaus aus der Küche, in den Speiseraum. Im Zickzack um die Tische herum. Dabei schmiss er mehrere Stühle um.

„WO WOLLEN SIE HIN?“, erklang es hinter ihm, und zwei Schüsse peitschten durch die Luft. Eine Kugel schlug schmerzhaft in Victors Oberarm ein, trat an der Vorderseite wieder hinaus und vor ihm in das Metall der Wandverkleidung. Er strauchelte, konnte sich aber noch auf den Beinen halten. Ihm entglitt der Kristall und rutschte über den Boden. Unsanft schlug er gegen die Fußleisten.

Victor fuhr herum und sah Cromwell auf sich zu taumeln, mit erhobener Pistole. Im Zwielicht erkannte Viktor den schiefen Kiefer. Fäden aus Blut und zähem Speichel tropften hinab. Dieser Mensch schien mehr tot als lebendig zu sein.

„Was zur Hölle sind Sie?“, entfuhr es Victor und er presste die Hand auf seinen Oberarm. Der Stoff war bereits nass vom Blut.

„Dr. Alistair Cromwell!“, sabberte er und richtete sich stolz auf, soweit sein deformiertes Rückgrat es zuließ. Der

Lauf des Colts war jetzt zwischen Victors Augen gerichtet, als Cromwell an ihm vorbei zu dem Kristallstück schlurfte. Wo hatte er die Waffe her? Cromwell bückte sich dem pulsierenden Glimmen entgegen und Victor sah den Wahnsinn in Cromwells entstelltem Gesicht, als dieser die Hand danach ausstreckte. Das blaue Licht des Kristalls spiegelte sich in seinen hypnotisierten Augen. Mit einem Stöhnen kam Cromwell wieder hoch, seinen Schatz an sich gepresst. „Bevor ich Sie töte … Sie wollten mir noch erzählen, was mit Prof. Stone passiert ist."

„Da sind Sie ja!", erklang es von der anderen Seite des Raumes, und ein Schuss löste sich. In der roten Dunkelheit sah Victor jemanden in Matrosenuniform zu Boden gehen. Ein Mann, helles Haar. Er tippte aufgrund der Statur auf Carlton Reed.

„Sie bleiben, wo Sie sind!", rief Cromwell, als Victor seinem Impuls folgend nach dem Deckhelfer sehen wollte. Victor gehorchte und hob die Hände. „Und jetzt erzählen Sie!"

Dieses Monster würde alles tun, um seinen kranken Plan in die Tat umzusetzen. Notfalls auch das gesamte Schiff opfern. Ein Stöhnen erklang aus Reeds Richtung und milderte Victors Sorge etwas.

Er blickte wieder zu Cromwell. „Er wurde von einer Sicherheitstür in zwei Teile getrennt. Wenn Sie wollen, sehen Sie ihn sich an. Er liegt dort hinten im Salon", presste Victor zwischen zusammengebissenen Zähnen hervor und ruckte mit dem Kopf zu der Tür, hinter der die Bar lag.

Cromwells Blick flackerte hinüber und dann wieder zu Victor.

Ein tiefes Dröhnen zog durch die Nautilus Noir, ein mechanisches Stöhnen am Rande des Zusammenbruchs. Cromwell schien zu ahnen, was das bedeutete.

„Ich werde mich jetzt entschuldigen müssen, ich habe noch etwas zu erledigen", sagte Cromwell und deutete eine Verbeugung an. Mit erhobener Waffe umrundete er den Detektiv und stieg über den zusammengekauerten Deckhelfer im Türrahmen. Dann war er weg. Victor lief ihm hinterher, doch der Gang war leer. Cromwell hatte sich in Luft aufgelöst. Victor wandte sich an Reed, der sich halb ohnmächtig beide Hände auf den Bauch drückte.

„Helfen Sie mir!", wimmerte Reed und sein Atem kondensierte in der Luft vor ihm.

Victor hatte Mühe, den Verletzten auf die Beine zu stellen, aber ihn zu tragen, war unmöglich. Sein angeschossener Arm war völlig nutzlos. „Ich bringe Sie zu Ashwood", keuchte Victor, während er ihn einarmig stützte. Wie zwei Kriegsversehrte schleppten sie sich aneinander gelehnt den Gang entlang. Bei der Treppe verlor Reed den Halt und Victor konnte ihn nicht mehr retten. Es war kein schlimmer Sturz, aber Reed schlug unten ohnmächtig auf. Das war der Moment, in dem Victor verzweifelt nach Hilfe rief. Einen Augenblick später kamen Pierre Dupont und Dr. Ashwood zu ihnen gelaufen. Kurz erklärte Victor der Ärztin, dass Cromwell den Deckhelfer angeschossen hatte. Ashwood zog grob das Hemd hoch und veranlasste wildfluchend Pierre, den Not-OP bereitzumachen.

Dann fiel ihr Blick auf Victors Arm. „Was ist mit Ihnen?“, fragte sie gereizt und ließ durchblicken, dass sie keine schlechten Neuigkeiten mehr ertragen konnte.

„Das hat Zeit. Ich muss zur Schleuse!“, entgegnete Victor.

„Im anderen Gang, hinter Labor und Werkstatt. Sie sollten …“

Doch den Rest hörte Victor nicht mehr. Er war schon wieder losgelaufen.

Ein ohrenbetäubendes Poltern erklang und Isabella sprang erschrocken zur Seite. Vor ihr fiel die Wandverkleidung in den Gang und ein großer Klumpen Mensch gleich hinterher, mitten auf den Gang. „Lars?“, fragte sie überrascht.

„Wrench, oh mein Gott!“ Lars schnappte nach Luft und rappelte sich hoch. Er sah übel aus, die Kleidung zerrissen und mit Maschinenöl beschmiert. Aber sehr lebendig.

„Wie kommst du da rein?!“, rief sie ungläubig, den Schraubenschlüssel noch immer in der Hand. Sie hatte Jeb geholfen, die zwei völlig hysterischen Forschungsmitglieder zur Evakuierungszone zu begleiten, als ihnen Carl Reed entgegenkam. Er gab Entwarnung, dass sonst alle Besatzungsmitglieder und Passagiere bereits in Sicherheit waren. Dekama hatte ihn losgeschickt, um nach den Vermissten zu suchen, nach ihr, dem Detektiv, dem Koch und dem Forschungsteam.

Isabella trieb Jeb und die anderen voran, sie musste dringend zum Kapitän. Carl eilte weiter in Richtung der Küche, um dort nach Mr Blackwell zu suchen. Da erklang ein

Klopfen aus der Wand und jemand rief ihren Namen. Jebbediahs Schimpfen nutzte nichts, er musste mit Dr. Goldman und Dr. Smith allein weiter und Isabella begann, die massive Wandvertäfelung loszuschrauben.

„Die Tür zu Segment C ließ sich nicht öffnen. Sie war komplett verzogen. Ich bin rumgelaufen und hab ein Loch in der Wand gefunden. Ich wollte so zu den anderen kommen. Dann habe ich mich verirrt und bin stecken geblieben."

„In der Wand?" Ungläubig sah Isabella in das quadratische Loch, das jetzt den Blick in die Eingeweide des Unterseebootes freigab. „Kein Wunder, dass du da nicht weitergekommen bist, Segment B reicht nur bis hierher. Die Segmente sind untereinander nicht verbunden, sonst wären die Schotten ja nutzlos."

Lars nickte betroffen. „Das hab ich gemerkt. Gott sei Dank, du hast mich ja da rausgeholt!" Voller Dankbarkeit schlang Lars seine starken Arme um die erschrockene Frau, die sich augenblicklich versteifte.

„Ms Brasswright, stimmt das nahende Ende Ihres Schiffes Sie etwa romantisch?", schnurrte eine undeutliche Stimme hinter ihnen und ihr Atem stieg als Nebelschleier vor ihr auf. Lars ließ sie los und beide drehten sich um. Aus dem Loch in der Wand trat das hässlichste Wesen, das Isabella jemals in ihrem Leben gesehen hatte.

Eine riesige Sauerei statt einer menschlichen Erscheinung. In Südamerika hatte sie Bilder von Zombies gesehen, die sahen sehr ähnlich aus. Wirklich unappetitlich. Aber wenn das hier ein Zombie war und alle anderen wohlauf, konnte es sich nur um eine Person handeln.

„Dr. Cromwell?“, fragte sie ungläubig und versuchte, ihn zu identifizieren.

„Wie er leibt und lebt!“ Es klang entfernt wie ein Lachen. Lars neben ihr gab ein ersticktes Geräusch von sich. Isabellas Blick fiel auf die Waffe in seiner Hand und auf das Bündel, das er an sich presste. Langsam hob sie die Hände und Lars tat es ihr nach.

„Danach sehen Sie nicht aus. Was ist mit Ihnen passiert?“

„Warum sind denn heute alle so in Plauderlaune?“

„Sie waren eine Weile weg und haben sich … verändert?“

„Sie aber auch“, antwortete Cromwell und lachte leise.

„Was?“ Isabella verstand nicht. Wo war sie denn gewesen?

„Die Tentakel, Sie dumme Pute!“, blaffte er sie an.

„Sie können sie auch sehen?“, entgegnete sie verwundert und erinnerte sich an Victors übertriebene Reaktion im Ätherraum.

„Ich bin doch nicht blind!“, schrie er und Speichel flog in ihre Richtung.

„Was haben Sie da?“, fragte Isabella ungerührt.

„Den Ätherkristall. Sie haben wohl gedacht, Sie könnten ihn für sich behalten. Aber er gehört Ihnen nicht!“

Da war also der Rest des Kristalls abgeblieben. Nach der Größe des Bündels zu schließen, handelte es sich um mehr als die Hälfte des Mutterkristalls. Sie hatte im zerstörten Ätherraum nach den Bruchstücken Ausschau gehalten, aber nur kleine Splitter gefunden. Das bedeutete, dass der größte Teil noch erhalten war! Isabella konnte ihr Glück kaum fassen. Dies war die Chance, die Nautilus Noir zu bergen.

Aber wie kam sie daran, ohne sich erschießen zu lassen?

„Genau genommen gehört er dem Vereinigten Königreich und nicht mir."

Dieses Argument brachte Cromwell kurz aus dem Takt, dann erinnerte er sich daran, was er eigentlich vorhatte.

„Falsch. Er gehört jetzt mir. Und Sie werden mir helfen!"

„Helfen wobei?"

Cromwell stöhnte genervt. „Dabei, das Schiff zu verlassen!"

„Ein Tauchgang?", fragte Isabella ungläubig. Sie waren viel zu tief. Die Tauchkammer würde brechen. Es war ein Selbstmordkommando.

„Sie gehen vor!", trieb Cromwell sie mit der Waffe voran.

„Okay", sagte Isabella leichthin und ging vor. Lars zögerte und sie zog ihn mit sich, eine Aufforderung murmelnd.

„Was tuschelt ihr da?"

„Ich habe ihm nur Mut gemacht", verteidigte sich Isabella, aber Cromwell sah hektisch hin und her.

„Nein, nein, nein. Nein!" Die Waffe zitterte in seiner Hand. „Schließ ihn ein!", keifte er.

„Aber …"

„NEIN! Ich weiß, dass du den Schlüssel hast! Los, schließ' ihn da ein!" Mit der Mündung der Waffe deutete Cromwell auf die Tür einer Abstellkammer. Lars gehorchte noch vor Isabella und öffnete die Tür zu seiner Rechten. Das war nicht gut.

„Schneller!“, keifte Cromwell und Isabella holte den Schlüssel hervor.

Mit bebenden Fingern schloss sie Lars in der Kammer ein.

„Und jetzt weiter!“, knurrte Cromwell. Er klang wieder ruhiger. Es war an der Zeit, dass sie sich einen Plan einfallen ließ. Sie gingen weiter und erreichten Segment D, ganz in der Nähe der Evakuierungszone.

„Rein da!“, forderte Cromwell sie auf und deutete auf eine Wand.

„Wie … ähm?“

„Schieben Sie die Wand zur Seite und gehen Sie hinein. Ich will nicht, dass die restliche Besatzung mir auch noch in die Quere kommt.“

Isabella spürte den Lauf der Waffe in ihrem Rücken und tat, was der irre Mann von ihr verlangte. Die Wandvertäfelung ließ sich tatsächlich verschieben und sie glitt dahinter. Cromwell folgte ihr und schob sie voran. Isabellas Handfläche schwitzte, sie hatte nicht mal eine Waffe. Zur Not würde sie es mit bloßen Händen versuchen. Aber in der Enge war es unmöglich. Isabella versuchte sich vorzustellen, wo sie herauskommen würden und lag goldrichtig, als sie hinter der Werkstatt aus dem Geheimgang schlüpften. Sie achtete darauf, nach rechts hinauszutreten, zur Tür der Werkstatt, damit Cromwell ihr nicht im Weg war. Ungesehen, unbemerkt, wie Geister hatten sie es zum Gang mit der Schleuse geschafft. Sie war tatsächlich etwas fasziniert, dass die Nautilus Noir auch für sie noch Geheimnisse bereithielt. Jetzt ging es um alles oder nichts.

„Wollen Sie mit dem Stein das Schiff verlassen?“, fragte sie scheinheilig und machte einen Schritt rückwärts weiter in Richtung der Werkstatttür.

„Natürlich mit dem Stein! Er verlangt danach“, erwiderte Cromwell bedeutungsschwanger.

Als Victor um die Ecke bog, stolperte er beinahe in Isabella Brasswright hinein. Mit erhobenen Händen stand sie im Gang, keinen Meter von der Werkstatt entfernt.

„Sie schon wieder!“, fauchte Cromwell und drückte ab. Victor schmiss sich gegen Isabella und riss sie mit sich. Sie kamen hart auf dem Boden der Werkstatt auf. Die Schussverletzung ließ Sterne vor seinen Augen tanzen.

„Sind Sie verletzt?“, überprüfte er Isabellas Verfassung, nur einen Millimeter von ihrem Tentakelgesicht entfernt.

„Nein. Wo kommen Sie denn plötzlich her?“, fragte sie perplex. Doch Victor rappelte sich wieder auf und riskierte einen Blick auf den Gang. Cromwell war außer Sicht. „Er ist verschwunden. Wo ist die Schleuse?“, zischte Victor und sah sich hektisch nach einer Waffe um. Isabella nahm sich einen großen Hammer und drückte Victor eine große Rohrzange in die Hand. „Den Gang runter!“

Sie huschte vor ihm an der Wand entlang, an dem Labor und ein paar verschlossenen Türen vorbei, bis zum Ende des Ganges. Victor fiel im Dunkeln eine Wandöffnung auf, durch die er dicke Kabelstränge und Rohre erkennen konnte. Isabella sah durch ein kleines Bullauge und winkte Victor heran. Cromwell saß halb in einer großen Kugel mit

Armen und werkelte wild an einigen Armaturen, Wasser sprudelte am Boden in die Kammer.

„Verdammt, er flutet sie bereits!“, fluchte Isabella.

„Können wir ihn aufhalten?“, fragte Victor und suchte hilflos nach einem Knopf, den er drücken konnte.

„Das ist nicht so einfach – runter!“, rief sie plötzlich und zog Victor an der schmerzenden Schulter in Deckung. Ihm war schwarz vor Augen, während die Mechanikerin flüsterte: „Wenn er schießt, haben wir keine Chance. Sobald die Scheibe bricht, ist in Sekunden alles voller Wasser. Ich kann in diesem Segment nichts mehr abriegeln ohne Strom.“

„Dann müssen wir ihn ziehen lassen?“, zischte Victor wütend.

„Ich befürchte schon. Aber vielleicht kann Dekama noch etwas ausrichten. Lassen Sie uns zur Brücke gehen, solange wir noch Sauerstoff haben!“ Victor folgte Isabella hinauf zur Brücke.

„Ich kann nicht mehr so schnell.“ Victor hatte Mühe, die Füße richtig anzuheben, und war außer Atem. Sein Arm brannte wie Feuer und er stützte sich an der Wand ab, um zu verschnaufen. Isabella blieb stehen und ihr Fangarmblick glitt an Victor auf und ab. „Ist das eine Schusswunde?“

„Es geht schon, ich …“

„Das sollten Sie Dr. Ashwood zeigen“, riet sie ihm und zog ihn mit sich.

„Die flickt gerade Carlton Reed wieder zusammen“, entgegnete Victor. „Es ist nur eine Fleischwunde, glaube ich. Es geht schon.“

„Wie ist das passiert?“, fragte sie und half ihm durch die Tür.

„Nachdem Sie die Schotten im Salon geöffnet hatten, bin ich in die Küche gelaufen. Quasi in Cromwell hinein. Ich habe versucht, ihm den Kristall abzujagen, und da hat er auf mich geschossen. Und auf Reed.“

„Ich hatte Reed geschickt, nach Ihnen zu suchen, weil Sie plötzlich weg waren. Hätte ich geahnt …“

„Hören Sie auf! Das konnte niemand ahnen. Cromwell ist eine Ausgeburt der Hölle und komplett wahnsinnig!“, presste Victor durch zusammengebissene Zähne.

„Er hat den Vakuumzylinder zerstört, um an den Kristall zu kommen. Er hätte fast das gesamte Schiff auf dem Gewissen gehabt“, stellte Isabella fest, als sie die Stufen zur ersten Etage erklomm. Sie reichte Victor eine behandschuhte Hand und er griff zu. Es war ihre Handprothese.

„Wie konnten Sie die Schleuse im Salon öffnen?“, fragte Victor und ließ die stählerne Hand wieder los.

„Ich habe einen Kristallsplitter in meiner Prothese verbaut. Der Handschuh hat nicht nur optische Gründe, er isoliert sie auch, sonst würde sie permanent kleine elektrische Stöße verteilen.“

„Das Karussell!“, schnaufte Victor. „Deshalb hat es sich auf ihrer Hand gedreht!“

„Richtig. Allerdings bin ich unschuldig, was den Zaubertrick heute Morgen betrifft.“

„Dafür werden wir auch noch eine Erklärung finden. Jetzt lassen Sie den Kapitän wissen, dass wir zu ihm wollen", forderte Victor sie mit einem Fingerzeig zur Luke auf. Er stützte sich an der Wand ab. Sie standen am Fuß der Treppe zum Führerstand, aber Isabella zog bereits ihre Schlüsselkette heraus.

Sie öffnete die Luke und kurbelte am Rad, bis sie sich öffnen ließ. Sie ging voran, und Victor zog sich mühsam die Stufen hinauf.

„Isabella, was machen die Maschinen?", fragte Dekama beunruhigt. Schweiß glänzte auf seiner Stirn, und er blickte nicht von den Anzeigen auf.

Victor ließ die Luke hinter sich zufallen, drehte halbherzig am Rad und richtete sich wieder auf. Hier oben nahm er eine Luftveränderung wahr, es schien, dass dieser Raum eine eigene Sauerstoffversorgung hatte. Was Sinn ergab, wenn das Schiff im Notfall navigierbar bleiben sollte. Victor blinzelte durch sein Ätherglas, eine Unmenge von pockigen Seesternen überzog die meisten der Armaturen. Nichts glänzte mehr golden in dem spärlichen Licht der Notbeleuchtung. Die meisten der Kontrolllämpchen blinkten rot, stellte Victor mit Grauen fest.

„Ich konnte noch nichts tun. Cromwell ist aufgetaucht."

„WAS?!", entfuhr es dem Kapitän und schockiert blickte er auf.

„Er hat den Kristall gestohlen und hat sich soeben mit der Tauchsonde durch die Schleuse verabschiedet", erklärte Isabella verzweifelt.

„Er ist der Meinung, dass ein Urzeitwesen nach ihm ruft, und er will es mit dem Kristall befreien. Er ist komplett wahnsinnig!“, fuhr Victor fort.

„Haben Sie, entgegen meinen Einwänden, vielleicht doch Waffen in die Nautilus Noir einbauen lassen?“

Victor sah sie irritiert an.

Dekama seufzte und schüttelte den Kopf. „Oh, Isabella. Ich wünschte, ich hätte nicht auf Sie gehört.“ Dann blickte er wieder auf die Anzeigen vor sich.

Victor folgte seinem Blick. „Wie tief sind wir?“

„2.230 Meter“, brummte Dekama. „Wir sinken seit der Explosion ins Bodenlose. Die Tiefsee ist hier bis zu dreitausend Meter tief. Ich versuche gerade, den letzten Felsvorsprung zu erreichen.“

„Das Schiff schafft nur eine Tiefe von zweitausend Metern“, wisperte Victor heiser, seine Stimme ein atemloser Hauch. Ein tiefes, langgezogenes Dröhnen antwortete ihm aus den Innereien der Nautilus Noir, als hätte das Schiff seine Angst vernommen. Victor fuhr zusammen, auch Isabella reagierte nervös. Kapitän Dekama blieb jedoch ganz ruhig und bot Victor an: „Möchten Sie vielleicht die Brücke verlassen?“

Isabella verstand und berührte Victor vorsichtig am Arm, um ihn nach unten zu begleiten. Victor wollte widersprechen, doch er vergaß zu atmen, als ein gleißender Blitz die finstere Tiefsee erhellte. Alle drei hoben die Köpfe und ihre Schreie hallten in der Glaskuppel wider.

Es war die Apokalypse.

Das bläuliche Licht entfesselte sich von der Rückseite der Nautilus Noir und erhellte die schwarze Tiefe über Kilometer hinweg. Als hätte jemand das Tor zur Hölle geöffnet und all ihr Grauen der Tiefe preisgegeben. Victor sah unzählige Dämonen unterschiedlicher Größe um das Schiff herumschwirren. Leere Augenhöhlen und hohle Schlünde, herausquellende, starrende Augäpfel, auf das Innere der Kuppel gerichtet. Riesige, aufgerissene Mäuler mit Zähnen, die ihm das Blut in den Adern gefrieren ließen. Zerfetzte Flossen und löchrige Schwimmhäute ragten wie zerrissene Fahnen an deformierten Körpern auf. Lange Gliedmaßen, Gelenke, wo keine hätten sein dürfen, von buckligen Pocken überzogene Leiber, die den Träumen eines Wahnsinnigen entsprangen. Schlangenähnliche Kreaturen, die hoffentlich niemals das Tageslicht erblickten. Fischwesen, die keinem bekannten Naturgesetz gehorchten. Monster, eines abartiger und grausamer als das Nächste. Sie alle drängten sich um die Kuppel der Steuerbrücke und glotzen hinein, als wären die Menschen eingesperrt im Zoo. Boshaft und hungrig, würden sie sie alle zerfetzen, wenn sie nur einen Weg hineinfänden.

Keine Sekunde später folgte dem Lichtblitz eine brutale Detonation, die die gesamte Nautilus Noir erschütterte und durch die Tiefsee katapultierte. Und mit ihr die Wesen der Tiefsee, die auseinandergerissen wurden wie Laubblätter in einem Sturm.

Ein metallenes Wehklagen durchfuhr die Nautilus Noir und Victor hätte schwören können, dass sie in diesem Moment entzweibrach. Das U-Boot wurde durch das Wasser geschleudert wie ein Spielzeug. Sie drehte sich um sich selbst, so sehr, dass alles und jeder an Bord auf übelste Weise herumflog. Victor schlug hart gegen den Steuerblock in der Mitte und klammerte sich verzweifelt fest. Isabella flog über ihn und prallte gegen Dekama, der gegen das gewölbte Glas klatschte wie eine Puppe. Mit einem weiteren verzweifelten Dröhnen kam die Nautilus Noir auf dem Meeresgrund auf und ein Beben donnerte durch jedes einzelne Stück Metall, durch jeden Knochen, und hallte in der Glaskuppel wider.

12. Kapitel

Nichts als Dunkelheit umgab sie. Die jähe Stille war so intensiv, als hätte noch nie ein Geräusch auf diesem Planeten existiert.

Isabella war die Erste, die wieder zu sich kam. Ihr fiel ein modriger Geruch auf, den sie nicht zuordnen konnte. Ihre Rippen brannten mit jedem flachen Atemzug, und ein dumpfer Schmerz pochte in ihrem Brustkorb. Jemand lag auf ihr, aber es fehlte ihr die Kraft, sich zu befreien. Was für ein Horror herrschte hier unten? Diese Wesen – waren sie echt gewesen, oder drehte sie jetzt ebenfalls durch?

Sie alle wurden wahnsinnig, wie Cromwell, wenn sie es nicht schon längst waren. Er hatte auch Tentakel in ihrem Gesicht gesehen, genau wie Victor. Aber was ihr wirklich Angst machte, war das, was sie am Rande des gleißenden Lichtes erblickt hatte. Durch die ganzen Monsterleiber hatte sie einen Blick auf eine Felswand erhaschen können. Wenn der irre Wissenschaftler wirklich versucht hatte, den Kristallsplitter dort einem Wesen zu opfern …

Sie kam sich lächerlich vor, solche Gedanken überhaupt zu haben. Was für ein Unsinn! Aber wenn dort wirklich eine Höhle war? Nein, die einzig logische Erklärung war, dass der Druck der Tiefe die Tauchsonde und alles darin in kürzester Zeit zerquetscht hatte, sogar den Ätherkristall, der daraufhin mit einem großen Knall explodierte. Vielleicht hatte die Druckwelle sie aber in höhere Gefilde katapultiert?

Isabella versuchte, sich in dem stockfinsteren Raum zu orientieren. Sie lag an einer der Glaswände, und das Schiff hatte Schräglage. Es fiel zum Heck hin ab, wo sich die Evakuierten befanden. Isabella betete, dass jemand den Aufprall überlebt hatte. Sie musste nach den Leuten schauen, wenn sie nur hier herauskam. Jemand lag auf ihr, sie konnte die Uniformjacke des Kapitäns ertasten, der mit dem Rücken auf ihrem Oberkörper lag. Immerhin lebte er noch.

Keuchend kämpfte sie sich unter Dekamas Körper vor, dann tätschelte sie seine Wange und schüttelte ihn leicht. Ein Stöhnen erklang und ein erschrockener Laut, als hätte sie ihn aus einem Traum geweckt und die Realität hätte ihn wieder eingeholt. Sie ließ ihn los und setzte sich auf.

„Kapitän Dekama?", flüsterte sie in die Stille, froh, nicht allein zu sein.

„Sind Sie okay, Isabella?", antworte er verwaschen.

„Ich vermute, die Nautilus Noir liegt auf Grund", entgegnete sie und zog sich wankend auf die Beine. Das Schiff hatte etwa zehn Prozent Gefälle.

„Wie tief sind wir?", entgegnete der Kapitän und es klang, als würde er Anstalten machen, mühsam aufzustehen.

Isabella schlitterte auf dem glatten Boden auf die Armatur in der Mitte der Brücke zu und stützte sich ab. Ihre Finger tasteten über abgebrochene Hebel und der derangierte Zustand schmerzte sie beinahe körperlich. Ihr Blick galt den Anzeigen. Die meisten Lichter hatten den Aufprall nicht überstanden, nur ein paar rote Lämpchen, geschützt unterhalb der umliegenden Schalttafeln, blinkten noch matt. Immerhin schien noch eine der verbauten Batteriezellen zu funktionieren. Isabella bückte sich weit hinunter, um die Ziffern lesen zu können, die die Tiefe verkündeten.

„2.467 Meter unter der Oberfläche“, sagte sie heiser und Grauen schoss durch sie. Dekama fluchte. Sie waren noch tiefer gesunken. Viel zu tief. Die Nautilus Noir war nicht dafür gebaut, in solche Tiefen vorzudringen. Fast fünfhundert Meter, das waren bestimmt 250 bar. Panik kam in ihr auf. Was sollte sie jetzt bloß tun? Sie schalt sich für ihre Gefühle. Sie waren nicht zielführend. Sie kam hoch und sah sich um. Völlig sinnlos, denn es war immer noch stockfinster. Dann spürte sie etwas an ihrer Schulter, das sie nicht einordnen konnte. Wie ein Nagel, der sich in ihr Fleisch bohrte. Sie fasste danach, und das kalte Nass ließ sie zittrig aufkeuchen. Ein Wasserstrahl.

Adrenalin peitschte durch ihre Adern.

„WASSEREINBRUCH! SOFORT RÄUMEN!“, brüllte sie aus vollem Hals und tastete hektisch nach dem Kapitän, der unweit von ihr an der Glaswand lehnte. Sie zerrte ihn hoch und in Richtung der Luke. Er war zwar stattlich, aber kein Schwergewicht, weshalb Isabella ihn mehr schob, als dass er selber lief. Das Gefälle fiel zur Luke hin ab, was die Sache beschleunigte. Sie riss die Luke auf und schubste den Kapitän kurzerhand hinab.

„VICTOR!“, brüllte sie in die Dunkelheit und erhielt ein schwaches schmerzerfülltes Stöhnen als einzige Antwort. Blind tastete sie über den Boden, über Trümmer, abgebrochene Hebel und Splitter dünnen Glases, die ihr die Fingerkuppen aufschnitten. Und dann in eiskaltes Meereswasser. Es brannte an ihren aufgeschnittenen Fingern. Dann stießen ihre Hände gegen einen warmen Körper. Sie griff nach ihm, bekam seine Weste zu fassen und zog nach Leibeskräften. Ein Knacken über ihnen ließ sie aufschreien. Das Schutzglas würde jeden Augenblick nachgeben und sie sofort töten. Und alle anderen im Schiff. Tränen der Verzweiflung schossen ihr in die Augen. Sie zerrte verzweifelt an dem schweren Mann und biss die Zähne zusammen. Noch ein Stück!

„Komm jetzt, du verdammter Mistkerl!“, fluchte sie, während ihr das Wasser schon in die Stiefel drang. Mit letzter Kraftanstrengung erreichten sie die Luke. Sie stieß ihn die Treppe hinunter, ohne Rücksicht auf Dekama, und sprang hinterher, den Griff der Luke in der Hand. Sie schlug sie hinter sich zu.

Im selben Moment brach das Glas vollends und die Tiefsee knallte mit einer Urgewalt gegen die Luke, die alles zerstören wollte. Zitternd fiel sie auf die Knie, während die Dunkelheit wie eine schwere Decke über ihnen lag. Ängstlich tastete sie im Dunkeln nach den beiden Männern. Victors Kleidung war nass und kalt. Er bewegte sich nicht mehr.

„Wir sind noch da“, raunte Dekama müde und legte einen Arm um ihre bebende Gestalt. Tränen bahnten sich ihren Weg über ihr Gesicht, und mit ihnen floss alle Kraft aus ihr heraus. In einem stummen schmerzverzerrten Schrei öffnete sie den Mund, unfähig, all das Grauen und die Angst, die ihn ihr tobten, hinauszulassen. Wenn außer ihnen noch jemand den Aufprall überlebt hatte, würden sie doch am Grunde des Meeres ihr Ende finden. Sie wollte hier nicht mehr sein. Sie wollte nicht schuld sein an dem Tod all dieser Menschen! Bis das dumpfe Dröhnen wieder aus den Tiefen des U-Bootes zu ihnen drang. Ein erschöpftes Stöhnen. Die Nautilus Noir lag im Sterben.

Isabella rang nach Atem, ihr war schwindelig. Erschöpfung ergriff sie und lähmte sie zusehends. Dekamas Griff lockerte sich, er atmete schwer. Der Sauerstoff war verbraucht. Es war vorbei.

Die Nautilus Noir war ihr Grab.

Über die Autorin:

Susan Abyss ist eine Wanderin zwischen den Welten, stets auf der Suche nach Mysterien. Man sagt, sie habe einst in den Archiven von Ironhaven gearbeitet, wo sie verstaubte Dokumente und vergessene Geschichten ans Licht brachte. Andere behaupten, sie sei nie dort gewesen und habe stattdessen die See bereist, bewaffnet mit ihrem Skizzenbuch. Sicher ist nur, dass sie jetzt im Kohlenpott lebt, wo sie ihre Liebe zu Geschichten und Kunst vereint. Ihre Werke tragen eine unverwechselbare Handschrift. Von den atmosphärischen Buchcovern bis zu den Illustrationen zwischen den Seiten gestaltet sie alles selbst. Mit ihren detailreichen Artworks entführt sie die Leser:innen in düstere Welten, in denen mechanische Wunder und unheimliche Geheimnisse miteinander verschmelzen.

Mit ihrem Debütroman hat Susan Abyss ein Tor zu den Tiefen vergangener Zeiten geöffnet. Doch das ist erst der Anfang. Gerüchten zufolge arbeitet sie bereits an einer Fortsetzung und erforscht dabei neue Facetten der Dunkelheit…

Weitere Informationen unter www.SusanAbyss.com

ISBN 978-3-8190-5648-2

9 783819 056482

www.epubli.com